우리가 자유로워지기 전

**BEFORE WE WERE FREE**
by Julia Alvarez

Copyright ⓒ Julia Alvarez, 2002
Korean Translation Copyright ⓒ MUNHAKDONGNE Publishing Corp., 2012

This Korean edition is published by arrangement with
Susan Bergholz Literary Services through EYA(Eric Yang Agency).
All rights reserved.

이 책의 한국어판 저작권은 에릭양 에이전시를 통해
Susan Bergholz Literary Services와 독점 계약한 (주)문학동네에 있습니다.
저작권법에 의해 한국 내에서 보호를 받는 저작물이므로
무단 전재 및 무단 복제를 금합니다.

이 도서의 국립중앙도서관 출판시도서목록(CIP)은
e-CIP홈페이지(http://www.nl.go.kr/ecip)와
국가자료공동목록시스템(http://www.nl.go.kr/kolisnet)에서 이용하실 수 있습니다.
(CIP제어번호: CIP2012000869)

# 우리가 자유로워지기 전

Before we were free

줄리아 알바레스 장편소설 | 이주희 옮김

문학동네

남은 사람들을 위하여

# 차례

# 가족 단지

담

진입로

토니
삼촌의
카시타

아니타네
집

목련 울타리

트램펄린

가르시아네
집,
사촌 넷

구아버
과수원

미미
고모의
난초
오두막

수련

왕겨

원시번네
집이 됨.

할아버지네 집

작은
다리

주
진입로

담

할머니, 할아버지,
미미 고모

동굴

묻혀 있는
보물

수련

펠리페
삼촌 +
가비 숙모,
사촌 셋

담

옛 타이노족
묘지

진입로

진입로

아르트레오
삼촌네 집,
취향 나쁜
숙모와
사촌 여섯

미미 고모가
결혼하면
집을 지을 자리

진입로

담

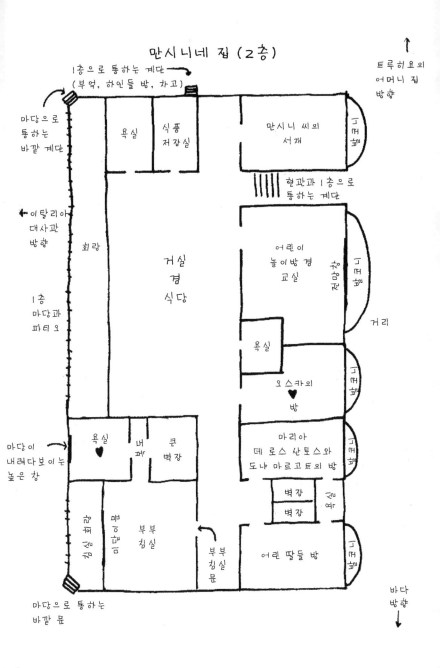

# 1
## 도미니카공화국 모양 지우개

"하고 싶은 사람 있어요?" 브라운 선생님이 말한다. 우리는 이 주 남은 추수감사절 촌극을 준비하고 있다. 도미니카공화국 에는 청교도가 오지 않았지만, 우리는 미국인 학교에 다니니까 미국 명절을 기념해야 한다.

무덥고 뜨거운 오후다. 지루하고 졸음이 온다. 창밖의 야자나 무가 꼼짝도 하지 않는다. 산들바람 한 점 없다. 몇몇 미국 아이 들은 날씨가 7월 4일*처럼 더워서 추수감사절 같지 않다고 투덜 거리곤 했다.

브라운 선생님이 교실 안을 둘러본다. 내 앞자리에 앉은 사촌

---

* 미국 독립기념일.

카를라가 손을 흔든다.

선생님은 카를라를 시키고, 그다음에 나를 시킨다. 카를라와 나는 청교도인을 환영하는 인디언 역을 맡는다. 우리 도미니카 학생들에겐 수업시간에 별로 좋지 않은 역만 돌아온다.

선생님이 깃털 하나가 토끼 귀처럼 삐죽 솟아 있는 머리띠를 하나씩 준다. 꼴불견이 된 기분이다. "좋아, 인디언들, 앞으로 나와 청교도인을 맞이하는 거야." 브라운 선생님은 조이 팔런드와 찰리 프라이스가 데이비 크로켓* 모자를 쓰고 장난감 총을 들고 서 있는 쪽으로 손짓한다. 모자는 그애들이 선생님에게 쓰게 해달라고 졸라서 쓴 것이다. 개척자들이 청교도인보다 나중에 왔다는 것쯤은 나도 안다.

"아니타." 선생님이 나를 가리킨다. "'미국에 온 것을 환영합니다'라고 하렴."

내가 대사를 읊기도 전에 오스카 만시니가 손을 든다. "선생님, 그때는 메국이 없었는데 어떻게 인디언이 메국이라고 해요?"

반 아이들이 투덜거린다. 오스카는 늘 질문을 한다. "메국이래! 메국!" 뒷줄에서 누가 흉내를 낸다. 애들 여럿이 킬킬거린다. 몇몇 도미니카 아이까지. 나는 미국 애들이 우리 발음을 놀

---
* 미국의 전설적인 개척자.

리는 게 싫다.

"오스카, 좋은 질문이구나." 브라운 선생님이 꾸짖는 듯한 눈길을 두루 던지며 대답한다. 수군거리는 소리까지 들은 모양이다. "그런 걸 시적 허용이라고 해. 현실에선 그렇지 않은 것이 이야기에서는 허용되는 거야. 은유나 직유처럼."

바로 그때 교실 문이 열린다. 교장선생님 뒤에 카를라의 엄마 라우라 고모가 몹시 걱정스러운 얼굴로 서 있는 게 언뜻 보인다. 하지만 라우라 고모는 늘 걱정스러운 얼굴이다. 아빠는 올림픽에 걱정하기 종목이 있다면 라우라 고모가 있으니 도미니카공화국 팀이 우승할 거라고 즐겨 농담을 한다. 그렇지만 요즘에는 아빠도 몹시 걱정스러운 표정이다. 내가 물어보면 평소처럼 "호기심은 지성의 전조지"라고 하지 않고, "아이들은 몰라도 돼"라고 대답한다.

교실 뒤쪽에 있던 브라운 선생님이 앞으로 나와 잠시 교장선생님과 이야기하더니, 교장선생님을 따라 라우라 고모가 서 있는 복도로 나간다. 문이 닫힌다. 보통 선생님이 교실을 나가면 우리 반 익살꾼 찰리 프라이스가 장난을 친다. 이를테면 시곗바늘을 옮겨놓아 선생님이 쉬는 시간인 줄 알고 우리를 일찍 내보내게 만든다. 어제는 칠판에 적힌 '1960년 11월 10일 목요일'이라는 날짜 위에 큰 글씨로 '오늘 숙제 없음'이라고 썼다. 그 장난은 브라운 선생님도 재미있어했다.

하지만 지금은 반 전체가 조용히 기다린다. 지난번에 교장선생님이 우리 교실에 왔을 때는 토마시토 모랄레스에게 어머니가 데리러 왔다고 말했다. 토마시토의 아버지에게 무슨 일이 생겼는데, 아저씨를 잘 아는 아빠도 무슨 일인지 말해주려 하지 않았다. 그 뒤로 토마시토는 학교에 오지 않는다.

내 옆에서 카를라가 머리카락을 귀 뒤로 넘긴다. 카를라가 불안할 때 하는 행동이다. 우리 오빠 문딘도 불안할 때 나오는 버릇이 있다. 뭔가 잘못해서 아빠가 집에 올 때까지 벌받는 의자에 앉아 있어야 하면 늘 손톱을 물어뜯는다.

문이 다시 열리고, 브라운 선생님이 들어온다. 어른들이 우리에게 나쁜 소식을 숨길 때 하는 가짜 웃음을 짓고 있다. 선생님은 밝은 목소리로 카를라에게 가방을 싸라고 말한다. "아니타, 네가 도와주겠니?" 선생님이 덧붙인다.

우리는 자리로 돌아가 카를라의 책가방을 싼다. 선생님은 반 아이들에게 촌극은 나중에 계속하자고 말한다. 모두 교과서를 꺼내 진도 나갈 곳을 펼친다. 차분히 공부할 준비를 하는 척하지만, 물론 모두 카를라와 나를 훔쳐보고 있다.

브라운 선생님이 우리가 어떻게 하고 있는지 보러 온다. 카를라는 숙제를 챙기고 평소 학교에 두고 다니는 물건은 책상 속에 남겨둔다.

"저것들도 네 거니?" 선생님이 새 공책과 가지런히 정리해둔 연필과 펜, 도미니카공화국 모양 지우개를 가리킨다.

카를라가 고개를 끄덕인다.

"다 챙기렴." 선생님이 조용히 말한다.

우리는 카를라의 물건을 모두 책가방에 넣는다. 그러는 동안 내내 왜 나한테는 가방을 싸라고 하지 않을까 궁금하다. 어쨌든 카를라랑 나는 한 가족인데.

오스카가 사이클론이 몰아칠 때의 야자나무처럼 손을 마구 흔들며 들었다 내렸다 한다. 하지만 브라운 선생님은 오스카의 질문을 받아주지 않는다. 이번에는 모두 오스카가 질문해주길 바라는 듯하다. 오스카의 질문은 아마 모두의 머릿속에 있는 질문과 같을 것이다. 카를라는 어디에 가나요?

브라운 선생님이 카를라의 손을 잡는다. "가자." 그리고 나에게도 고개를 끄덕인다.

브라운 선생님은 카를라를 교실 옆으로 데려간다. 나도 따라간다. 누군가와 눈이 마주치면 울음을 터뜨릴 것 같다. 교실 위쪽에 걸린 우리의 은인 엘 헤페의 초상화를 올려다본다. 그분의 눈이 우리를 지켜보고 있다. 그분 왼쪽에 걸린 하얀 가발을 쓴 조지 워싱턴은 먼 곳을 보고 있다. 자기 나라를 그리워하는 걸까?

엘 헤페를 바라보기만 해도 흐르려던 눈물이 멈춘다. 나는 강해지고 용감해져서 언젠가 우리나라의 지도자를 만났을 때 그분이 나를 칭찬해줬으면 좋겠다. 그분은 내게 "그러니까 네가 절대 울지 않는 아이구나?"라며 미소 지을 것이다.

교실 앞을 가로지르는데 브라운 선생님이 내가 잘 따라오는지 돌아본다. 나는 선생님이 내민 손을 잡는다.

지난여름 바닷가에서 본 상어같이 은빛 지느러미가 달린 가르시아네 플리머스 자동차를 타고 집으로 온다. 나는 카를라와, 역시 교실에서 불려나온 카를라의 여동생 산디와 요와 함께 뒷좌석에 끼어 앉아 있다. 라우라 고모는 걱정스러운 표정으로 입을 다문 채 앞좌석에 앉아 있고, 그 옆에서 아빠가 운전을 한다.

"무슨 일이에요?" 나는 계속 물어본다. "안 좋은 일이에요?"

"코토리타." 아빠가 농담처럼 주의를 준다. 코토리타는 가족끼리 부르는 내 별명이다. 내가 가끔 작은 앵무새처럼 말을 너무 많이 하기 때문이다. 하지만 학교에서는 정반대라, 브라운 선생님은 내가 더 거리낌 없이 말해야 한다고 불평한다.

아빠는 가르시아 가족이 마침내 우리나라를 떠날 허가를 얻어서 몇 시간 안에 미국행 비행기를 탈 거라고 설명한다. 뒷거울로 우리를 보며 애써 들뜬 투로 말한다. "너희는 눈을 보게 될 거다!"

가르시아 자매들은 한마디도 하지 않는다.

"할아버지하고 할머니하고 사촌들도 전부 만날 거야." 아빠가 말을 잇는다. "라우라, 그렇지?"

"시, 시(그럼요)." 라우라 고모가 맞장구친다. 타이어에서 바람 빠지는 소리 같다.

우리 할아버지 할머니는 9월 초에 뉴욕으로 떠났다. 다른 삼촌과 고모 들은 6월에 먼저 어린 사촌들을 데리고 떠났고, 토니 삼촌은 어디에 있는지 아무도 모른다. 이제 가르시아 가족이 떠나면 가족 단지에 우리 가족만 남을 것이다.

나는 몸을 앞으로 내밀어 팔을 앞좌석 등받이에 올린다. "아빠, 그럼 우리도 가요?"

아빠는 고개를 젓는다. "누군가는 남아서 가게를 지켜야지." 아빠가 일 때문에 놀러 갈 수 없을 때마다 하는 말이다. 우리 할아버지는 허리케인이 몰아쳐도 날아가지 않는 집을 짓는 콘크리트블록 회사 '콘스트룩시오네 데 라 토레'를 열었다. 몇 년 전에 할아버지가 은퇴하자 맏아들인 아빠가 회사를 맡았다.

가르시아네 집 진입로에 들어서자 엄마와 언니 루신다, 오빠 문딘이 기다리고 있다. 언니와 오빠도 가르시아 가족에게 작별 인사를 하라고 고등학교에서 데려온 모양이다. 가족들 뒤에 유모 추차가 긴 자주색 드레스를 입고 가르시아네 막내인 아기 피피를 안고 서 있다.

차 문이 열리자마자 나는 엄마에게 달려간다. 엄마가 나를 안아준다. 나한테 무슨 일이냐고 묻지도 않는다. 차에 실으려고 꺼내놓은 옷가방들이 한 줄로 늘어서 있다. 그 옆에 키가 크고 마른 워시번 씨가 서 있는데, 나비넥타이 때문에 얼굴이 멋지게 포장한 선물 같아 보인다. 아빠는 워시번 씨가 팔런드 대사님이 자리를 비웠을 때 대신 미국을 대표하는 미국 영사라고 설명해주었다.

"다 모였습니까?" 워시번 씨가 명랑하게 묻는다. "갈 준비 됐습니까?"

"아빠는 어디 있어요?" 요가 묻는다. 요와 나는 우리 가족의 오스카라서 늘 질문을 한다. 요가 있으면 나는 질문을 못 할 때가 많다.

어른들이 누가 요의 질문에 대답할지 정하려 애쓰며 의자 뺏기 놀이라도 하듯 눈길을 주고받는다. 마침내 아빠가 입을 연다. "공항에서 너희를 기다리고 있어."

작별 인사도 하지 않다니, 카를로스 고모부는 예의가 없는 것 같다. 하지만 워낙에 특이한 일이 일어나는 중이라 예의는 중요하지 않은 듯하다.

"좋아, 얘들아." 라우라 고모가 손뼉을 치며 말한다. "방에 올라가서 침대 위에 있는 옷으로 갈아입어라. 추차가 같이 갈 거야." 라우라 고모는 나이 많은 추차가 홀가분하게 아이들을 도울 수 있도록 아기 피피를 받아 안는다.

"우리 책가방도 가져가요?" 요가 묻는다.

라우라 고모는 고개를 젓는다. "각자 특별한 물건 하나씩만 챙겨. 한 사람 앞에 10킬로만 가져갈 수 있어."

"아니타한테 골라달라고 해도 되죠?" 카를라가 묻는다. 벌써 내 손을 잡아끌고 가는 중이다.

"빨리 고르기만 해!" 라우라 고모는 야단을 치지만, 야단치는 목소리에도 걱정만 담겨 있다.

딸들이 함께 쓰는 침실 한쪽에 긴 옷장이 있는데, 미닫이문이 밀어젖혀져 있고 서랍이 활짝 열린 채 옷가지가 여기저기 널려 있다. 짐을 싼 사람이 서두르다 그렇게 해놓은 것이다.

카를라의 눈이 장난감과 자질구레한 장신구를 치워둔 높은 선반을 훑는다. 열려 있는 발레리나 보석상자 세 개에서 작은 무용수들이 팔을 머리 위로 올리고 있다. 상자들 뒤에 딸들이 싸우지 않도록 각각 다른 색깔로 산 훌라후프가 나란히 세워져 있다.

"결정을 못 하겠어." 카를라가 금방이라도 울음을 터뜨릴 듯한 얼굴로 헝클어진 머리를 귀 뒤로 넘기며 말한다.

"애들아!" 라우라 고모가 현관에서 재촉하는 소리가 들린다.

"뭘 가져가지?" 카를라가 간절하게 묻는다. 내가 가본 적도 없는 미국에서 카를라에게 필요한 게 뭔지 안다는 듯이.

"네 보석상자." 내가 권한다. 그러면 하나 이상 가져갈 수 있다. 그 상자는 카를라의 팔찌와 나비 핀과 작은 십자가 목걸이, 진짜 금붙이가 아닌 장신구로 가득 차 있다.

카를라는 고개를 끄덕인다. 의자에 올라서니 풀을 뜯는 작은 사슴이 들어 있는 스노글로브가 보인다. 나는 참지 못하고 그것을 흔들어 작은 사슴이 보이지 않을 때까지 눈보라를 일으킨다.

"내 거야." 요가 손을 내밀며 소리친다. "그거 가져갈 거야."

"요, 너무 바보 같아." 카를라가 핀잔을 주며, 우리 둘이라면 진짜 눈이 내리는 곳에 스노글로브를 가져가지는 않을 거라는 듯 눈알을 굴려 나를 본다.

"바보 같은 건 언니야!" 요가 되받아친다.

곧 둘이서 소리를 질러댄다. 가르시아네 두 딸이 싸워서 얻을 건 별로 없다. 둘이 목소리를 높이는 바람에 고모가 올라온다.

"한마디만 더 들리면 너희 다 여기 남겨두고 엄마 혼자 뉴욕으로 갈 거야!" 라우라 고모가 겁을 준다. "당장 가져갈 것 고르고 옷 갈아입어. 차가 기다리잖아."

더는 꾸물거리지 않는다. 침대마다 바로 입을 수 있도록 속

치마와 파티드레스가 놓여 있다. 여자아이들은 재빨리 옷을 입는다.

진입로에 나가보니 워시번 씨는 벌써 안테나에 조그만 미국 국기가 달린 커다란 검은 차에 앉아 있다. 아빠가 조수석 쪽 열린 창에 기대어 워시번 씨와 이야기를 나눈다.

"우리 때문에 워시번 씨가 기다리시잖아." 라우라 고모가 야단을 친다. 그러고는 작별 인사를 하라고 딸들을 슬쩍 찌른다.

갑자기 요가 큰 소리로 말한다. "난 가기 싫어요. 카르멘 숙모하고 여기 있을래요."

그 말이 연쇄반응을 일으킨다. "나도요." 산디가 훌쩍이며 우리 엄마에게 매달린다. 라우라 고모의 품에서 피피가 소리를 지르며 문가에 팔짱을 끼고 서 있는 추차에게 통통한 작은 손을 뻗는다. 나도 울고 싶지만 엄마는 내가 가르시아네 아이들의 기운을 북돋워주기를 바랄 것이다.

"얘들아, 제발, 지금은 엄마가 받아줄 수 없어." 라우라 고모가 말을 꺼내다 역시 울음을 터뜨리고 만다.

아빠가 얼른 라우라 고모 곁으로 달려가 여동생에게 팔을 두르고 내가 무서운 꿈을 꾸었을 때처럼 부드럽게 말을 건넨다.

"얘들아, 이리 와라." 엄마가 가르시아네 아이들을 불러 모은 뒤 웅크리고 앉아 조용히 이야기한다. "얌전히 엄마 따라가렴.

곧 다시 만날 거야. 약속해!"

나는 깜짝 놀란다. 아빠는 우리가 남아서 가게를 지켜야 한다고 했다. 그러니까 가르시아네는 잠깐 여행을 다녀오는 게 틀림없다.

사촌들은 엄마의 말에 좀 안심이 된 듯하다. 엄마가 아이들을 달래려고 해본 말일지도 모른다는 생각이 스친다. 뉴욕의 할머니가 막내아들 걱정을 하지 않도록, 우리도 몇 달이나 보지 못한 토니 삼촌을 할머니에겐 잘 지낸다고 말하듯.

워시번 씨가 차에서 고개를 내밀고 말한다. "여러분, 갈 시간입니다!" 가르시아네 딸들은 순순히 우리를 하나하나 끌어안고 입을 맞춘다. 그애들이 고른 특별한 장난감들은 벌써 차 뒷좌석에 실었다. 열린 문으로 요의 스노글로브가 보인다. 눈보라가 가라앉기 시작해서 작은 사슴이 바닥에 흩뿌려진 눈송이를 먹을 수 있게 되었다.

카를라가 다가오자 눈물이 솟는다. 어쩔 수가 없다. 여기는 바깥이라 나를 용감하고 강하게 만들어줄 엘 헤페의 초상화가 없다. 나는 눈물이 떨어지려 해 고개를 숙인다.

"곧 만날 거야." 카를라가 다짐한다. 그래봤자 카를라가 무심코 손을 뻗어 내 머리카락을 귀 뒤로 넘겨줄 때 나는 더욱 심하게 울 뿐이다.

차가 떠나고 우리는 잠시 텅 빈 진입로를 내려다보고 서 있다. 내 안에 큰 부분이 사라진 것처럼 텅 빈 기분이다. 우리는 마침내 돌아서서 가르시아네 딸들이 우리에게 남겨주고 간 학용품이 든 책가방들을 들고 히비스커스 울타리를 지나 우리 집으로 건너간다.

우리는 하루아침에 브라운 선생님이 핵가족이라 부르는 가족이 되었다. 몇 달 전만 해도 단지 안에 할아버지 할머니와 삼촌과 고모와 사촌 들이 함께 사는 대가족이었는데, 이제 우리 부모님과 언니 오빠만 남았다. 우리 집만 빼고 모든 집이 비었다. 난초 오두막에는 꽃이 제멋대로 피었다. 토니 삼촌이 혼자 사는 집 현관 앞에 걸려 있던 그물침대는 치워졌다. 연못에는 황소개구리가 들끓어 밤새도록 개굴개굴 울어댄다.

오후 내내 집 안을 기운 없이 돌아다니는데, 엄마가 부르더니 추차의 이사를 도우라고 한다. 추차는 아무도 기억하지 못할 만큼 옛날부터 우리 가족이었고, 아빠가 태어났을 때부터 모든 아기를 돌보았다. 사실 추차는 나도 돌봤는데 툭하면 그 일을 들먹인다. "너는 아무리 나이를 먹어도 나를 신경 쓰게 될 거다. 어쨌든 난 네 기저귀를 갈아준 사람이니까." 그런 일을 들추다니! 하지만 고맙게도 추차는 그런 이야기를 남 앞에선 하지 않는다.

가장 먼저 추차의 관을 옮긴다. 정원사 포르피리오가 관을 외바퀴수레 위에 균형을 잡아 올려놓고, 추차와 내가 양쪽 끝을 잡고 걷는다. 이상하게 들리겠지만, 이것이 매일 밤 추차가 잠을 자는 침대다! 추차는 다음 삶을 준비하고 싶다고 한다. 추차는 아이티 사람인데, 그곳 사람들은 우리와 사는 방식이 다르다.

관 속에는 추차의 자주색 옷들을 담았다. 이것은 또다른 문제다. 추차는 예전에 자주색만 입겠다고 약속한 적이 있어서 늘 자주색을 입는다. 그러나 왜, 누구와 약속을 했는지, 또 왜 자주색으로 정했는지는 절대로 말하지 않는다. 노란색, 아니 연보라색만 되었어도 훨씬 생기 있어 보였을 텐데.

추차는 꿈속에서 앞날도 볼 수 있다. 우리 오빠는 툭하면 "관속에서 자면 너라도 그런 꿈을 꿀 거야!"라고 말한다. 사실 추차는 몇 주 전에 사촌들이 높은 빌딩의 도시로 떠나는 꿈을 꾸었다. 그때는 사촌들도 자기네가 뉴욕으로 떠날 줄 몰랐는데.

추차는 이상한 사람이지만, 추차가 우리 집으로 들어오는 것이 기쁘다. 추차가 곁에 있으면 든든한 느낌이 든다. 특히 모두 떠나버린 지금 추차가 우리 집에 있으면 위안이 될 것이다.

추차의 물건을 모두 옮기고 추차에게 묻는다. "추차, 내가 언제쯤 가르시아네를 만날 것 같아요?"

추차는 빛나는 두 눈을 가늘게 뜬다. 추차가 정신을 집중할 때면 주름진 검은 얼굴에 더욱 자글자글 주름이 잡힌다. 잠시 아무 말도 없다. 그러다 나를 똑바로 바라보며 특유의 수수께끼 같은 말을 던진다. "그 사람들이 돌아오기 전, 하지만 네가 자유로워진 다음에야 만날 게다."

그게 언제쯤일지 묻기가 겁난다.


저녁을 먹으면서 아빠가 설명한다. 건설 사업이 그리 잘되지 않으니까 절약해야 하고, 가족들은 잠시 흩어져 살 것이고……

"얼마나 오래요?" 나는 알고 싶다.

엄마가 조심하라는 눈치를 주는 바람에 아빠 말에 끼어들었다는 걸 깨닫는다. 작은 앵무새든 아니든 나도 열두 살이 다 되었으니 예절을 좀 배워야 하는 것이다.

갑자기 검은 나방 한 마리가 퍼덕거리며 안으로 들어온다. 끼어든다는 건 이런 것이다! 내 손바닥만큼 큰 나방이다. "박쥐다!" 언니가 비명을 지르며 식탁 밑으로 숨는다.

"박쥐가 아니야. 검은 나비지." 오빠가 나방을 잡으려고 벌떡 일어서며 말한다.

"건드리지 마!" 엄마가 소리친다. 우리는 모두 추차에게 들어서 검은 나방이 죽음의 징조라는 걸 안다. 오빠가 잡으려던 손을 멈춘다. 나방이 날아올라 밤 속으로 사라진다.

"루신다, 이제 나와도 돼." 엄마가 놀리는 말투로 불러낸다. 하지만 엄마도 얼굴빛이 별로 좋지 않다.

언니가 천천히 식탁 밑에서 나온다. 눈물이 얼굴을 타고 굴러 떨어진다. "여기는 그냥…… 그냥…… 너무…… 슬퍼요." 언니는 흐느끼며 뛰쳐나간다.

엄마와 아빠는 긴장된 눈빛을 주고받는다. 아빠가 식탁에서 일어난다. 내 옆을 지나가며 머리 꼭대기에 입을 맞춘다. "우리 아기가 어른이 다 됐구나." 아빠가 말한다.

언니보다 어른스럽게 행동한 것은 자랑스럽지만, 사실 드러내지 않을 뿐 나도 언니만큼 슬프다.

저녁을 먹고 나서 기분을 바꿔보려고 방을 정리한다. 그러나 카를라의 책가방에 들어 있는 것―카를라가 깔끔하게 깎아놓은 연필, 털실 뭉치에 뒤엉킨 아기 고양이가 그려진 공책, 지난 2월 독립기념일 낭송대회에서 일등해 받아온 재미있게 생긴 지우개―을 침대 위에 쏟자 내 안에서 슬픔이 다시 폭풍처럼 일어난다. 사촌의 학용품은 사용할 수 없을 것이다. 카를라의 가방에 도로 다 담아 벽장 속에 넣는다. 아니, 그런 줄 알았다. 얼마 뒤에 나는 침대에 들어가다 곧바로 튀어나온다. 이불 속에서 뭔가 단단한 것, 바퀴벌레나 전갈 같은 게 느껴진 것이다. 하지만 추차가 시트를 걷자, 도미니카공화국 모양 지우개가 나온다.

## 2
## 쉬잇!

사촌들이 떠난 다음 날, 아빠는 오빠를 데리고 일찍 출근한다.
삼촌들이 아무도 없으니 아빠가 회사에서 할 일이 더 많아졌다.

나는 아침 식탁에 혼자 앉아 카를라 없는 토요일이 얼마나 길
고 쓸쓸할지 벌써부터 실감한다. 추차와 엄마와 요리사 우르술
리나는 부엌에 모여 시장에 가서 무엇을 살지 의논하고 있다. 언
니는 초저녁부터 지금껏 자는데, 오전 내내 일어나지 않을 것이
다. 밖에서는 포르피리오가 생강풀에 물을 주며 멕시코 노래를
부른다.

사랑하는 여자가 다른 남자와 달아났네……
뒤따라가서 둘 다 죽여버렸지.

정말 활기찬 하루의 시작이군! 그런 생각을 하는데, 갑자기 포르피리오가 노래를 뚝 그친다. 나는 창밖을 내다본다.

검정 폴크스바겐 여섯 대가 느릿느릿 진입로로 들어온다.

차들이 완전히 서기도 전에 문이 벌컥벌컥 열리고 남자들이 줄줄이 우리 정원으로 쏟아져나온다. 검은 안경을 쓴 모습이 가끔 시내에서 상영하는 미국 영화 속 악당 같다.

엄마를 찾으러 달려가보니 엄마는 이미 문으로 가고 있다. 현관에 네 남자가 서 있다. 모두 카키색 바지를 입고 허리띠에 작은 권총집을 매달고 진짜 같지 않은 작은 권총을 차고 있다. 우두머리가―어쨌든 그 사람만 말을 한다―카를로스 가르시아와 그의 가족을 찾는다. "왜요? 집에 없나요?" 엄마가 대답하자, 나는 분명 뭔가가 잘못되었다는 걸 알아차린다.

그러나 남자는 돌아가지 않고 부하들이 우리 집을 수색해도 되겠느냐고 묻는다. 나는 엄마가 "페르미소(허가)는 받아왔나요?"라고 할 줄 알았는데, 엄마는 이 사람들이 막힌 화장실을 고치러 온 배관공이라도 되는 양 비켜선다!

나는 엄마 뒤를 따라가며 묻는다. "누구예요?"

엄마가 홱 돌아보더니 겁에 질린 표정으로 소리 죽여 외친다.

"지금은 안 돼!"

추차를 찾아 달려갔더니, 추차는 현관에서 흙투성이 부츠 발자국을 보며 고개를 젓고 있다. 나는 저 낯선 사람들이 누구냐고 묻는다.

"SIM." 추차가 속삭이고는 섬뜩하게도 집게손가락으로 자기 목을 긋는 시늉을 한다.

"SIM이 누군데요?" 나는 또 묻는다. 아무도 확실한 대답을 해주지 않으니 점점 더 공포에 질린다.

"폴리시아 세크레타." 추차가 설명한다. "모든 사람을 조사하며 돌아다닌 다음 없애버리지."

"비밀경찰이요?"

추차가 천천히 목이 잘리듯 고개를 끄덕, 떨어뜨리는 바람에 더 묻지 못한다.

남자들은 이 방 저 방 다니며 구석구석 샅샅이 뒤진다. 복도 문을 지나 침실들이 있는 쪽으로 오자 엄마가 머뭇거린다. "부인, 관례적인 수색일 뿐입니다." 우두머리가 말한다. 엄마는 기운 없이 웃으며 아무것도 숨길 게 없다는 것을 보여주려 애쓴다.

내 방에서 한 남자가 내가 바닥에 던져놓은 베이비돌 잠옷을 들어올린다. 그 밑에 비밀 무기라도 숨겨져 있는 것처럼. 또 한 남자는 침대에서 이불을 홱 걷어낸다. 얼음장처럼 차가운 엄마 손을 꼭 잡자 엄마가 내 손을 더욱 꽉 쥔다.

남자들은 노크도 하지 않고 언니 방으로 들어가 블라인드를 드르륵 걷어 올리고 침대 밑에 드리운 장식 천과 그에 맞춘 화장대 밑 장식 천을 들춰보고 총검을 찔러넣는다. 침대에 누워 있던 언니가 깜짝 놀라 일어나 앉는다. 분홍색 스펀지 헤어롤이 한쪽으로 베고 자서 찌그러졌다. 목에 붉은 두드러기가 무섭게 돋아 있다.

남자들이 언니 방을 다 수색하고 나자, 엄마는 언니와 나에게 진지하게 들으라는 표정을 짓는다. "내가 손님들과 있는 동안 너희는 여기 있었으면 좋겠다." 엄마는 부자연스럽게 예의를 지키며 말한다.

"싫어요, 엄마!" 나는 엄마 곁으로 달려가 울부짖는다. 엄마가 이 무시무시한 경찰들과 함께 가는 게 싫다. 엄마를 다치게 하면 어떡하나?

우두머리가 나를 돌아본다. 검은 안경을 써서 눈은 보이지 않고, 겁에 질린 여자아이가 제 엄마에게 달라붙어 있는 모습이 비칠 뿐이다. "대체 왜 우는 거냐, 응? 트랑킬라(조용히 해)!"

그 냉혹한 명령이 허파 속의 숨을 막아버리는 듯하다. 꼼짝도 못하고 서 있는데, 엄마가 내 손을 손목에서 살며시 떼어낸다.

그리고 남자들을 따라 나가면서 등 뒤로 문을 닫는다.

언니가 나를 돌아본다. 엄마가 긁지 말라고 했는데도 두드러기가 난 목을 긁고 있다. "무슨 일이야?"

"추차가 그러는데 비밀경찰이래. 가르시아네를 찾는데, 엄마는 어디 갔는지 모르는 척했어." 지금 엄마 혼자 그 사람들과 있다고 생각하니 목소리가 갈라진다.

"SIM은 가르시아네가 어디 있는지 정확히 알아." 언니가 대꾸한다. "그저 여기를 헤집고 다닐 핑계가 필요한 것뿐이야. 물론 아빠를 잡아가고 싶은 거지."

"도대체 왜?"

언니는 내가 생각보다 훨씬 멍청하다는 듯 나를 바라본다. "아니타, 넌 아무것도 모르니?" 언니의 눈길이 무심코 내 머리카락에 닿는다. "너 그 앞머리 좀 어떻게 해야겠다." 언니가 손을 뻗어 내 앞머리를 뒤로 쓸어넘긴다. 내가 겁에 질린 걸 알아차리고 언니가 할 수 있는 가장 상냥한 말을 건넨 것이다.

언니와 나는 언니 방에서 바짝 긴장한 채 문에 귀를 기울이고 기다린다. 시끄러운 소리가 잦아들자 언니가 조심스럽게 손잡이를 돌린다. 그리고 둘이서 살금살금 복도로 나온다.

SIM은 떠난 것 같다. 추차가 빗자루를 소총처럼 어깨에 둘러

메고 파티오*를 가로질러 집 앞쪽으로 간다. 깨끗한 바닥에 흙 발자국을 남긴 SIM을 쏘아버릴 기세다.

"추차!" 우리는 이쪽으로 와서 얘기 좀 해달라고 손을 흔든다.

"엄마 어디 있어요?" 나는 아까 엄마가 SIM과 함께 갈 때 느낀 공포가 다시 치솟는 걸 느끼며 묻는다. "엄마는 괜찮아요?"

"전화하고 계셔. 돈 문도와 통화 중이야." 추차가 설명한다.

"그······?"

언니는 그 이름을 입에 담는 대신 코를 찡그린다.

"에소스 아니말레스." 추차가 고개를 저으며 말한다. 그 짐승들. SIM은 가족 단지 안의 모든 집을 수색하고, 원하는 것을 찾지 못하자 점점 난폭해져 추차의 방까지 짓밟고 들어가 관을 뒤집어엎고 벨벳 안감을 찢어발겼다. 포르피리오와 우르술리나의 방도 휩쓸고 지나갔다. "둘 다 잔뜩 겁을 먹었어." 추차가 말을 맺는다. "이 집을 나가겠다고 짐을 싸고 있어."

SIM은 떠나지 않는다. 진입로 끝에서 검정 폴크스바겐에 앉아 출입구를 막고 있다.

저녁을 먹을 때 아빠는 다 잘될 거라고 말한다. 우리는 그냥 SIM이 없는 것처럼 행동하며 평소와 같은 생활을 계속해야 한

---

* 스페인식 건축에서 건물 내의 포석을 깐 안뜰.

다. 그러나 나는 아빠도 다른 식구들처럼 한 입도 먹지 않는 것을 알아차린다. 또 온 가족이 부모님 침실에서 매트리스를 깔고 문을 잠그고 자자는 것이 정말 평소와 같은 일인지 모르겠다.

우리는 어둠 속에서 소곤소곤 이야기한다. 오빠는 혼자 매트리스 하나에 눕고, 언니와 나는 큰 매트리스 하나에 함께 눕고, 아빠와 엄마는 우리 바로 옆에 부모님 매트리스를 갖다놓고 누워 있다.

"엄마 아빠는 그냥 침대에서 자면 되지 않아요?" 내가 묻는다.

"목소리 낮춰." 엄마가 주의를 준다.

"알았어요, 알았어." 나는 속삭인다. 그러나 답은 듣지 못한다. "추차는요?" 내가 또 묻는다. "추차 혼자 집 뒤쪽에서 자잖아요."

"걱정 마." 오빠가 끼어든다. "그 관은 총알이 뚫고 들어가지 못할 거야!"

"총알이라니!" 나는 벌떡 일어나 앉는다.

"쉬잇!" 온 가족이 나에게 주의를 준다.


검은색 차는 날이 가고 또 가도 그 자리에 서 있다. 때로는 한 대뿐이고 때로는 세 대나 된다. 매일 아침 아빠가 출근할 때면 차 한 대가 앓는 소리를 내며 시동을 걸고 아빠를 따라 언덕을 내려간다. 저녁때 아빠가 집에 올 때면 그 차도 아빠와 함께 돌아온다. 그 SIM은 언제 자기네 집에 가서 밥을 먹고 자기 아이들과 이야기를 하는지 모르겠다.

"진짜 경찰이에요?" 나는 엄마에게 계속 묻는다. 아무래도 말이 안 된다. SIM이 비밀경찰이든 아니든 경찰이라면 무서워하지 말고 믿어야 하지 않을까? 그러나 엄마는 "쉬잇!"이라고 할 뿐이다. 그동안 우리는 무슨 일이 일어날까봐 학교에도 가지 못한다. "무슨 일이 일어나는데요?" 내가 묻는다. 추차의 이야기처럼 사람들이 없어지는 일일까? 엄마는 우리에게 그런 일이 일어날까봐 걱정하는 것일까? "아빠는 우리가 평소 같은 생활을 계속해야 한다고 하지 않았어요?"

"아니타, 포르 파보르(제발)." 엄마가 복도 의자에 주저앉으며 사정한다. 몸을 내밀어 내 귀에 대고 속삭인다. "제발, 제발 그만 좀 물어봐라."

"대체 왜요?" 나도 속삭인다. 엄마 머리카락에서 코코넛 향기 비슷한 샴푸 냄새를 맡을 수 있다.

"엄마도 아무것도 모르니까." 엄마가 대답한다.


나는 엄마에게만 물어보지는 않는다.

두 살 위 오빠 문딘은 가끔 이런저런 일을 설명해준다. 그러나 이번엔 내가 무슨 일이냐고 물어도 걱정스러운 얼굴로 "아빠에게 물어봐"라고 속삭일 뿐이다. 오빠는 또 손톱을 물어뜯고 있다. 8월에 열네 살이 되면서 그만둔 버릇이다.

나는 아빠에게 물어보기로 한다.

어느 날 저녁 전화가 울리자 나는 아빠를 따라 거실로 들어간다. 아빠가 나비들이 교통사고를 당한 이야기를 한다.

"나비들이 교통사고를 당해요?" 나는 무슨 말인지 몰라 묻는다.

아빠는 나를 보고 깜짝 놀란 듯 딱딱거린다. "여기서 뭐 하는 거야?"

나는 양손을 허리에 올린다. "진짜, 아빠! 난 이 집에 산다고요!" 나한테 우리 집 거실에서 무엇을 하냐고 묻다니 믿을 수 없다! 당연히 아빠는 곧바로 사과한다. "미안하다, 아모르시토. 너 때문에 깜짝 놀랐단다." 눈물을 참는 것처럼 아빠의 눈이 젖어 있다.

"그럼 아빠, 그 나비 얘기는 뭐예요?"

"진짜 나비가 아니란다." 아빠가 조용히 설명한다. "그냥…… 아주 특별한 숙녀들의 별명인데…… 어젯밤에 사고를 당했어."

"무슨 사고요? 그건 그렇고 왜 나비라고 불러요? 진짜 이름이 없어요?"

또 쉬잇.

마지막 수단은 언니에게 묻는 것이다. 언니는 SIM 때문에 집 안에 갇혀 살게 된 뒤로 기분이 아주 좋지 않다. 전화로 수다 떨기와 파티를 좋아하고, 틀어박혀 있기를 싫어하기 때문이다. 요즘은 주로 자기 방에서 시간을 보내며 어찌나 여러 가지 머리 모양을 시험해보는지, 우리가 마침내 가족 단지를 떠나 미국에 갈 때쯤이면 대머리가 되어 있을 것이다.

"언니, 포르 파보르, 제발제발 무슨 일인지 말해줘." 나는 공짜로 등을 안마해주겠다고 약속한다.

언니는 빗을 화장대에 내려놓고 뒤쪽 파티오로 따라 나오라고 손짓한다.

"여기는 바깥이니까 괜찮을 거야." 언니가 어깨 너머로 돌아보며 속삭인다.

"왜 속삭이는 거야?" 사실 이번 주 내내 모두가 낮은 목소리로 속삭이며 이야기했다. 마치 집 안에 가까스로 잠든 예민한 아기가 잔뜩 있는 것처럼.

언니가 설명한다. 아마 SIM이 집 안에 마이크를 숨겨놓고 우리가 하는 이야기를 폴크스바겐에서 듣고 있을 거라고.

"왜 우리를 범죄자처럼 대해? 나쁜 일은 하나도 하지 않았는데."

"쉬잇!"

언니가 나를 조용히 시킨다. 목소리도 낮출 줄 모르는 어린 동생에게 계속 사정을 설명해도 되나 잠시 고민하는 듯하다. "다 T-O-N-I에 관한 일이야." 언니는 삼촌 이름을 영어로 한 자 한 자 말한다. "두세 달 전에 삼촌과 친구들이 우리 독재자를 없애려는 음모에 연관되었어."

"그 말은……"

우리 지도자의 이름을 입에 담을 필요도 없다. 언니가 엄숙하게 고개를 끄덕이며 입술에 손가락을 갖다댄다.

이제 정말 뭐가 뭔지 모르겠다. 나는 우리가 엘 헤페를 좋아하는 줄 알았다. 우리 집 현관에 엘 헤페의 초상화가 걸려 있고, 그 밑에는 '트루히요가 이 집을 통치한다'고 쓰여 있다.

"그렇게 나쁜 사람이면 브라운 선생님이 왜 그 사람 초상화를 조지 워싱턴 초상화하고 나란히 교실에 걸어놔?"

"그렇게 해야 하니까. 모두 그렇게 해야 해. 그 인간은 독재자야."

독재자가 무슨 일을 하는 사람인지 잘 모르겠다. 하지만 지금은 물어볼 때가 아닌 듯하다.

SIM이 음모를 알아낸 뒤 삼촌 친구들은 거의 다 체포되었다고 한다. 토니 삼촌이 어디에 있는지는 아무도 모른다.

"삼촌은 숨어 있을 수도 있고, 그 사람들이……"

언니는 어깨 너머를 돌아본다. 나는 누구 이야기인지 바로 알아차린다.

"삼촌을 가뒀을지도 몰라."

"그 사람들이 삼촌을 없애버릴까?"

언니는 내가 그런 일까지 아는 것에 놀란 듯하다. "안 그러기를 바라야지." 한숨을 쉰다. 언니는 토니 삼촌을 특히 좋아한다. 삼촌은 스물네 살이라 열다섯 살인 언니랑 나이 차이도 많이 나지 않고 아주 잘생겼다. 언니 친구들은 모두 토니 삼촌에게 반했다.

"SIM이 음모를 알아낸 뒤로 줄곧 가족들 뒤를 쫓고 있어. 그래서 다들 떠난 거야. 카를로스 고모부, 할머니, 할아버지……"

"왜 우리는 떠나지 않아? 어쨌거나 학교도 안 가잖아."

"토니 삼촌을 버리고?" 언니는 세차게 고개를 젓는다. 그러자 잡지에 실린 모나코의 그레이스 왕비 결혼사진을 따라 시뇽이라는 머리 모양으로 틀어올린 예쁜 다갈색 머리가 풀려 폭포처럼 등으로 쏟아져내린다. "삼촌이 돌아오면? 우리 도움이 필요하면 어떻게 해?" 언니 목소리가 평소의 속삭임보다 높아졌다.

우리 집에서 몇 주 만에 처음으로 내가 다른 사람에게 이 말을 할 때가 왔다. "쉿!"

사촌들이 떠나고 이 주쯤 지났을 때 워시번 씨가 찾아온다. 워시번 씨는 SIM이 쳐들어온 뒤로 날마다 잠깐씩 들른다.

"저 작은 벌레들은 어때요?"

워시번 씨는 창문으로 여전히 주차되어 있는 검정 폴크스바겐을 내다보며 수수께끼처럼 묻는다. 아빠는 늘 "아직도 물어요"라고 대답한다.

하지만 오늘 저녁은 워시번 씨가 의논할 일이 있나보다. 아빠와 서재에 앉아 영어로 이야기를 나눈다. 엄마는 경기 결과가 몹시 궁금한 테니스 경기를 보듯 이쪽저쪽을 번갈아 바라본다. 엄마는 아빠와 달리 영어를 잘 못한다.

"훌륭한 생각 같군요." 아빠가 말한다. "아니타!" 복도에서 엿듣지 말라고 할까봐 눈에 띄지 않으려 애쓰던 나를 아빠가 불러들인다. "우리 이웃이 생길 것 같다. 어떻게 생각하니?"

그 이웃이 SIM만 아니라면 가족 단지에 누가 살든 반가울 것이다. 이렇게 빈집이 많은 곳에 사는 건 으스스하다. 게다가 주변에 카를라도 다른 사촌도 없으니 몹시 쓸쓸하고 심심하다.

"누가 이사 와요?" 내가 묻는다.

"엘 세뇨르 워시번." 엄마가 빙그레 웃으며 대답한다. 몇 주 만에 보는 엄마의 행복한 웃음이다. 미국대사관 사람이 옆집에 살면 SIM도 우리를 더 괴롭히지 못할 것이다.

하지만 오늘 저녁 가장 좋은 소식은 워시번 씨에게 함께 이사 올 가족이 있다는 것이다. 아내와 두 아이가!

"몇 살이에요?" 내가 끼어든다.

"코토리타." 엄마가 주의를 준다.

"샘은 열두 살이고 수지는 2월에 열다섯 살이 될 거야."

"저도 다음 주에 열두 살이 돼요!" 나는 불쑥 영어로 말한다. 엄마는 다시 버릇없다고 주의를 주지만, 엄마가 그렇게 어려워 하는 언어를 내가 자신 있게 말하는 것을 자랑스러워하고 있다.

워시번 씨가 나를 보며 활짝 웃는다. "미리 생일 축하한다. 어린 아가씨가 영어를 아주 잘하는구나!"

그날 밤 나는 머릿속으로 워시번 씨의 칭찬을 몇 번이고 되풀이한다. 몇 주 동안 나에게 일어난 일 가운데 가장 멋진 일이다. 사실은 두번째로 멋진 일이다. 며칠 뒤면 워시번 씨 가족이 이사 오니까. 그리고 SIM은 이사 간다!


나는 히비스커스 울타리 너머로 가르시아네 집 안으로 상자를 옮기는 인부들을 지켜본다. 한 남자아이가 인부들을 따라간다. 머리카락이 밤새 표백제에 담가둔 것처럼 흰색에 가까운 밝은 금발이다. 짐을 모두 집 안으로 옮긴 뒤 인부들이 나와 키 큰 케이폭나무 아래에 트램펄린을 설치한다. 그러자 남자아이가 트램펄린 위로 기어 올라가 트램펄린에 구멍이라도 낼 기세로 뛰고 또 뛴다.

그애가 공중으로 높이 올라갔을 때 울타리 뒤에 숨어 있는 나를 얼핏 본다. "하우디 두디!" 그애가 외친다. 처음에는 '하우디, 더티!'로 듣고 나를 '더티'라고 부른 줄 알았다. 어떻게 해야 할지 미처 생각하기도 전에 그애가 트램펄린에서 껑충 뛰어내려 다가온다.

"하우디 두디 시간입니다! 하우디 두디 시간입니다!" 내 손을 잡고 위아래로 흔들며 노래를 한다. 내가 얼빠진 표정이었는지 텔레비전에서 〈하우디 두디〉를 본 적이 없냐고 묻는다. 영어를 너무 빨리 해서 그애가 하는 말을 제대로 알아들었는지 잘 모르겠다.

"우리는 텔레비전이 없어." 내가 설명한다.

"없어?" 놀란 얼굴이다. "하지만 너희가 부자인 줄 알았는데. 우리 아빠가 이 공원이 다 너희 거라고 했어!"

"공원이 아니야." 내가 바로잡는다. "단지야."

"그게 뭔데?" 그애의 파란 눈이 빛난다. "하렘 같은 거야?"

하렘이 뭔지 잘 모르겠다. 그러니까 단지가 그것일 리 없다. 나는 우리 할아버지가 먼 옛날에 땅을 샀고 할아버지의 아이들

이 결혼할 때마다 그 땅에 한 채씩 집을 지어 이곳이 가족 단지
가 되었는데, 사실 낯선 사람이 들어오지 못하도록 높은 담장으
로 둘러싼 집 다섯 채와 독신자용 별채 하나가 전부이고, 우리
수많은 손자들은 사촌끼리 서로 옷을 물려 입는다고 설명한다.
"하지만 지금은 우리만 빼고 모두 미국으로 떠났어." 나는 서글
프게 덧붙인다.

"난 바로 그 나라에서 왔어." 샘이 누가 훈장이라도 달아줄 것
처럼 가슴을 펴며 말한다. "세계에서 가장 위대한 나라지."

그럴 리 없다고, 우리나라가 가장 위대한 나라라고 말하고
싶다. 하지만 언니한테 우리나라는 온 국민이 독재자의 초상화
를 벽에 걸어야 하는 나라라는 이야기를 들은 뒤로 자신이 없어
졌다.

"단지를 가르쳐줄까?" 나는 화제를 바꾸고 싶은 마음에 말한
다. 샘이 나를 멍하니 바라보자, 내가 하고 싶은 말을 영어로 잘
못 말했다는 것을 깨닫는다.

"그러니까, 단지를 보여주고 싶다는 말이야?"

나는 당황해서 고개를 떨어뜨린다.

"괜찮아." 샘이 계속 말한다. "나는 우리말인데도 영어를 잘
못하는데 뭐."

내 영어를 비웃지 않아서 당장 샘이 좋아진다.

"엄마한테 말하고 올게." 길을 나서기 전에 샘이 말한다. 샘이 다시 달려 나올 때, 프릴 달린 앞치마를 입은 키 큰 붉은 머리 여자가 문간에 나와서 나에게 손을 흔들어 인사한다.

우리는 오후 내내 단지를 탐험한다. 동전을 던져 소원을 비는 수련 연못은 진흙탕이 되어 바닥이 보이지 않는다. 옛 타이노족 묘지에서 오빠가 조각된 돌을 발견했는데, 추차가 비를 불러오는 돌이라고 했다. 아직 결혼하지 않은 우리 미미 고모가 결혼하면 집을 지을 자리에는 잡초가 우거져 있다. 내게 익숙한 장소도 남에게 보여주면 갑자기 더욱 재미있어진다. 그러나 샘에게 다 보여주지는 못한다. 얼마 뒤 샘 엄마가 나와서 오늘밤 잠을 자야 하니 들어와서 방을 정리하라고 소리친다.

"시 유 레이터, 앨리게이터." 샘이 어깨 너머로 소리친다.

"내일?" 내가 묻는다.

"좋아." 샘이 되받아 소리친다.

내일 또 만날 생각을 하니 몹시 들뜬다. 샘이 나를 악어라고 부르지 말았으면 좋겠다. 그냥 멍청한 미국식 말장난이라는 건 알지만 그런 못생긴 동물로 불리는 일은 정말 사양한다. '코토리타'도 신경에 거슬리기 시작하는데. 진짜! 사람들은 늘 나한테 예의를 생각하라면서 자기네 예의는 어디에 두고 다니는 걸까?

이튿날, 샘과 나는 미미 고모의 난초 오두막 주변을 탐험한다. 포르피리오가 떠난 뒤 난초가 제멋대로 자랐다. 오두막 바로 옆에는 토니 삼촌이 작년에 지은 별채가 있다. 시골집 같은 조그만 카시타*다. 나무 덧문들은 안쪽에서 걸쇠가 걸려 있고 문에는 큰 맹꽁이자물쇠가 채워져 있다. 토니 삼촌과 친구들은 밤늦게까지 둘러앉아 소리 죽여 이야기하기를 좋아했다. 그 사람들이 실제로 무슨 일을 하고 있었는지 알고 나니 그곳에 다가가기가 겁난다.

카시타가 보이는 곳까지 왔을 때 나는 유령이라도 본 것처럼 멈춰 선다. 토니 삼촌의 카시타 문이 빠끔히 열려 있다!

"왜 그래?" 샘이 궁금해한다.

"저 문은 열려 있으면 안 돼." 내가 속삭인다. 카시타는 지난여름 토니 삼촌이 사라진 뒤로 줄곧 닫혀 있었다.

"너희 집 가정부가 청소하고 닫지 않은 거 아냐?" 이제 샘도 조금 불안한 표정을 지으며 속삭인다.

나는 고개를 젓는다. 단지에서 일하는 사람은 이제 추차뿐이다. 추차는 필요 이상으로 청소를 할 시간이 없다.

우리는 천천히 살금살금 문으로 다가가 살짝 들여다본다. 어

---

* 오두막의 일종으로 규모가 작은 독채를 가리킨다.

두운 집 안에서 누가 돌아다니고 있다!

어찌나 빨리 달렸던지 멈추고 나서도 한참 가슴이 마구 뛴다. 나중에 트램펄린에서 함께 뛰며 당분간 우리가 본 것을 부모님에게 말하지 않기로 약속한다. 말했다가는 부모님이 앞으로 단지 탐험을 못하게 할 것이다. 우리는 뛰어오르면서 케이폭나무의 가장 낮은 가지를 건드리려고 애쓴다. 워시번 부인이 레모네이드를 들고 나오자 우리는 트램펄린에서 내려온다.

"재미있니?" 커다랗고 파란 눈을 늘 크게 떠서 놀란 것처럼 보이는 워시번 부인이 묻는다.

"아주 재미있어요." 샘이 재빨리 대답하고 제 엄마가 보지 않을 때 손가락을 들어 입술에 댄다.

# 3
## 비밀 산타

SIM이 떠나고 워시번 가족이 옆집에 살게 되자, 엄마 아빠는 우리를 다시 학교에 보내도 되겠다고 결정한다.

하지만 엄마는 먼저 우리를 앉혀놓고 주의를 준다.

"무슨 일이 있었는지 친구들한테 말하지 말았으면 좋겠다."

"왜요?" 나는 궁금하다.

엄마는 추차가 즐겨 쓰는 격언을 인용한다. "'다문 입으로는 파리가 들어갈 수 없다.'" 말은 적게 할수록 좋다. "수지나 샘한 테도 마찬가지야." 엄마가 언니와 나를 훑어보며 덧붙인다.

내가 샘과 친구가 된 것처럼 언니는 샘의 누나와 친구가 되었다. 가엾은 오빠만 새 친구가 없다. 하지만 오빠는 상관없다고 한다. 학교에 가지 않는 동안 아빠가 오빠를 회사에 데리고 가서 따로 일을 맡겼다. 어느 날은 저녁을 먹고 나서 오빠가 차를 몰고 단지 안의 집들을 잇는 차로를 왔다갔다한다.

아빠는 이따금 오빠에게 말한다. "나한테 무슨 일이 생기면 네가 우리 집 가장이다."

그 말에 이어지는 긴장된 침묵을 깨고 엄마가 말한다. "우리 집 가장이 되려면 손톱 물어뜯는 버릇부터 고쳐야 할 거야."

학교로 돌아가기 전날 밤, 나는 수업 첫날을 준비할 때처럼 오랫동안 입고 갈 옷을 고른다. 마침내 미국 여자아이들이 모두 입는 푸들 치마*를 본떠 엄마가 만들어준 앵무새 치마로 정한다. 그러나 모든 준비를 마친 다음에도 학교에 다시 나가는 게 걱정된다. 모두들 왜 이 주가 넘도록 결석했는지 물어볼 것이다. SIM이 우리 집 앞에 있다고 해서 왜 우리가 학교에 가면 안 되었는지 나도 모른다. 어쨌든 아빠는 날마다 출근했는데 말이다. 하지만 엄마는 그 이야기를 꺼내지도 못하게 했다.

나는 옆방인 언니 방으로 간다. 언니는 머리를 헤어롤로 말고 있다. 정말 엄청난 고문이다! 저런 막대를 머리에 붙이고 어떻게 잘 수 있을까? 입고 갈 옷은 벌써 내 앵무새 치마랑 비슷한

---

* 1950년대 후반 미국에서 유행한 푸들 강아지를 수놓은 치마.

치마로 골라놓았다. 하지만 언니는 엄마가 치마를 만들어줄 때 푸들 무늬로 해달라고 고집을 부렸다.

"린다(아름다운) 루신다 언니." 나는 언니에게 아부한다. "내일 학교에 가서 아이들한테 뭐라고 해? 우리가 어디 갔었는지 물어볼 텐데."

언니는 한숨을 쉬고 거울 속의 자기 모습을 향해 눈알을 굴린다. 나에게 가까이 오라고 손짓한다. "여기서는 얘기하지 마." 언니가 속삭인다.

"왜?" 내가 큰 소리로 묻는다.

언니는 정떨어진 표정을 짓는다.

"왜?" 나는 언니 귀에 대고 속삭인다.

"하나도 안 우스워." 언니가 대꾸한다.

나는 언니가 헤어롤을 다 말 때까지 빈둥빈둥 시간을 보낸다. 그러고 나서 언니가 파티오로 나오라고 고갯짓을 한다. 파티오에서는 이야기를 해도 된다.

"사람들이 물어보면 수두에 걸렸다고 해." 언니가 말했다.

"안 걸렸잖아."

언니는 잠시 눈을 감고 나에 대한 참을성을 끌어모은다. "아니타, 우리가 수두에 걸리지 않은 건 나도 알아. 그냥 둘러대라는 거야, 알았어?"

나는 고개를 끄덕인다. "그런데 정말 왜 학교에 가지 않은 거야?"

언니는 사촌들이 떠나고 불안한 일이 너무 많이 생겨서 엄마가 우리를 눈앞에 두고 싶어한 거라고 설명한다. 우리가 겪었던 일 같은 SIM의 급습과 체포, 사고.

"아빠가 나비인가 뭔가가 사고를 당했다고 하는 거 들었어." 나는 언니에게 말한다.

"나비들이야." 언니는 고개를 끄덕인다. "아빠의 친구들이었어. 아빠는 정말 마음 아파해. 모두 그렇지. 미국인들까지 항의하고 있어."

"뭘 항의해? 자동차 사고 아니야?"

언니가 또 내가 너무 아는 게 없다는 듯 눈알을 굴린다. "'자동차 사고'지." 언니는 손가락으로 허공에 인용부호를 만들며 말한다. 지금 하는 말은 진심이 아니라는 듯.

"그러면 그 사람들은……"

"쉬잇!" 언니가 나를 막는다.

갑자기 이해가 된다. 그 여자들은 사고로 위장한 살해를 당한 것이다! 나는 학교 가는 길에 앵무새 치마를 펄럭이며 낭떠러지로 굴러떨어지는 모습을 상상하고 부르르 몸을 떤다. 이제 단지를 떠나는 것이 두렵다. "그럼 대체 왜 우리를 학교에 보내는 거야?"

"미국인이 우리 친구니까." 언니가 설명한다. "그러니까 지금
은 안전해."

'지금은'이라는 말이나 언니가 '안전해'라고 하면서 또 허공
에 인용부호를 만드는 것이 마음에 들지 않는다.

엄마는 워시번 가족이 이사 오고 나서 훨씬 안정이 되었다. 옆
집 영사의 특별한 보호를 받는 것도 좋지만 여분의 집세도 도움
이 된다. 콘스트룩시오네 데 라 토레는 사업이 잘되지 않는다.
엠바고(embargo)가 무엇인지 잘 모르겠지만 그것 때문에 모든
것이 멈췄다. 우리는 절약해야 하고, 삼촌들의 자동차와 할아버
지가 돈을 벌던 시절에 마련한 할아버지 집의 가구도 팔아치워
야 한다. 나는 마음에 들지 않는 내 갈색 구두와 유행이 지난 점
퍼도 팔라고 한다. 하지만 엄마는 빙그레 웃으며 아직 그럴 필요
까진 없다고 대답한다.

이웃과 친구가 된 사람이 언니와 나만은 아니다. 엄마는 카나
스타* 모임을 시작해서 워시번 부인을 다른 도미니카 부인들에
게 소개하고 스페인어 연습을 도와준다. 뒤쪽 파티오에 탁자가

---

* 두 벌의 카드로 네 사람이 하는 놀이.

두세 개 놓인다. 부인들은 목소리를 낮춰 이야기를 나눈다. 때때로 새로 온 가정부 로레나가 레모네이드가 놓인 쟁반이나 깨끗한 재떨이를 가지고 나타난다. 엄마는 돈을 아끼려고 애쓰지만, 추차 혼자 단지 안의 모든 집을 관리하기엔 일이 너무 많다. 그래서 일을 도와줄 젊은 아가씨를 고용한 것이다. 그러나 로레나가 곁에 있을 때는 특히 말을 조심해야 한다.

"왜요?" 내가 묻는다. "새로 와서요?"

엄마는 얼굴에 온통 '코토리타!'라고 쓰여 있는 듯한 표정으로 나를 본다. 엄마가 나를 부르는 별명이 정말 싫다고 말한 뒤로 엄마는 그 별명을 쓰지 않겠다고 약속했다. 하지만 내가 너무 거침없이 말하면 여전히 표정으로 알게 만든다. "그냥 말을 조심해." 엄마가 같은 말을 되풀이한다.

가족의 기저귀를 갈아주지 않은 가정부는 믿을 수 없는 모양이다!

사실 비밀을 지키라는 것을 가지고 내가 뭐라 할 수는 없다. 샘과 나도 우리가 알아낸 것에 대해 한마디도 하지 않았으니까. 토니 삼촌의 카시타에 두 번 더 가봤지만 문이 닫혀 있고 맹꽁이 자물쇠가 제대로 채워진 것을 확인했을 뿐이다. 그러나 카시타에 들어갔다 나온 새로 찍힌 발자국과 누군가 재떨이가 없어 창밖으로 던진 듯한 담배꽁초 더미가 있었다.

"냄새가 나." 샘이 말한다. 샘의 말로는 그 표현이 이상한 일이 일어나고 있다는 뜻이란다.

그렇다. 우리 단지에는 이상한 냄새가 진동한다.


학교에서는 내가 이 주 동안 학교에 나오지 않은 일이 훨씬 흥미진진한 두 가지 사건에 묻혀버린다. 다가오는 크리스마스와 샘이 우리 반에 전학 온 일이다.

"새뮤얼 애덤스 워시번." 브라운 선생님이 샘을 소개한다.

"샘이에요." 샘이 바로잡는다.

선생님은 '새뮤얼'에게 교실 앞으로 나와 간단히 자기소개를 하라고 한다. 하지만 주로 브라운 선생님이 샘을 소개하고 샘은 어깨만 으쓱한다.

그다음에 선생님은 우리에게 한 줄씩 차례대로 자기소개를 시킨다. 내 차례가 되자 샘이 큰 소리로 말한다. "아니타는 알아요." 나는 기뻐서 얼굴이 달아오른다.

내 뒤에서 낸시 위버와 에이미 카트라이트가 키득거리며 장난스럽게 인사를 한다. 질투로 가슴이 아프다! 그애들은 미국인이라 샘과 통하는 데가 나보다 훨씬 많을 것이다.

내가 먼저 샘을 알았어! 소리치고 싶다. 샘은 우리 옆집, 사촌네 집에 살아!

샘을 남자친구로 생각하는 건 아니다. 어쨌든 나는 남자친구를 사귈 수 없다. 엄마가 친척이 아닌 남자아이라면 근처에도 가지 못하게 한다. 하지만 사촌들이 이사를 간 뒤로 규칙이 이상한 방식으로 엄해진 동시에 느슨해졌다. SIM이 찾아온 일이나 사촌들이 뉴욕으로 떠난 것은 아무한테도 말하면 안 되지만, 남자아이라도 샘과는 친하게 지내도 된다.

자기소개가 끝난 다음 브라운 선생님은 발표할 것이 있다고 말한다. "여러분, 크리스마스를 맞아 특별한 놀이를 할 거예요!" 모두 환성을 지른다. 선생님은 입술에 손가락을 대고 조용히 시킨다. 우리가 조용해지자 선생님이 말을 잇는다. "각자 모자에서 이름을 하나씩 뽑아 그 친구의 비밀 산타가 되는 거예요."

선생님이 설명을 마치기도 전에 오스카의 손이 올라간다. 우리가 해서는 안 되는 행동이다.

선생님은 오스카를 무시한다. "여러분은 비밀 산타가 되어 여러분이 뽑은 친구에게 비밀 쪽지를 남기는 거예요. 작은 선물이나 깜짝 선물도요. 그런 놀이예요. 나중에 크리스마스 파티에서 각자 누가 비밀 산타였는지 알게 될 거예요." 선생님은 이 놀이가 재미있을 거라며 손뼉을 친다.

"질문 있어요?" 선생님이 덧붙이며 열심히 손을 흔드는 오스카를 바라본다. 반 아이들이 끙 소리를 낸다.

"자기 이름을 뽑으면 어떻게 해요?" 오스카가 묻는다.

선생님은 잠시 생각한다. "좋은 질문이에요. 이름을 모자에 도로 넣고 다시 뽑는 것이 가장 좋겠어요."

나는 오스카를 바라본다. 가끔 오스카는 똑똑해 보인다. 키는 샘 정도 되지만 피부는 영구 선탠이다. 미국 아이들은 가끔 우리 피부색을 그런 식으로 부른다. 오스카는 사실 절반만 도미니카 사람이다. 어머니가 도미니카인이고, 아버지는 원래 이탈리아 사람으로 이탈리아대사관에서 일한다. 그래서 카를라와 나는 늘 브라운 선생님이 우리 나머지 '원주민'보다 오스카에게 더 많이 참아준다고 생각했다.

비밀 산타 놀이는 재미있을 것 같다. 카를라가 떠났으니 내가 비밀 산타가 되어주고 싶은 사람은 한 명밖에 없지만. 나는 블라우스 속에서 목걸이를 꺼내 작은 십자가를 입에 넣는다. 이렇게 하면 어쩐지 신에게 더 가까워진 기분이 든다. '포르 파보르, 제발제발 샘이 되게 해주세요.' 나는 하느님께 빈다.

그러나 종이를 펼쳤을 때 나온 이름은 오스카 만시니다! 종이를 도로 접고 내 이름을 뽑은 척할까 생각한다. 그러나 그건 심술궂은 짓 같다. 특히 크리스마스에는.

비밀 산타 놀이는 오래가지 못한다. 이튿날 학교에서 브라운 선생님이 몇몇 학부모의 항의로 취소한다고 발표한다. 아이들이 투덜거린다. "여러분, 알아요." 선생님은 갑자기 말을 멈춘다. 누구 때문에 마음이 상했지만 누군지 말할 수 없다는 듯. "선생님도 실망했어요."

쉬는 시간에 에이미와 낸시가 떠벌리는 바람에 우리 모두 무슨 일이 있었는지 알게 된다. 비밀 산타 놀이에 대해 도미니카 학부모 몇이 교장선생님에게 항의한 것이다.

도미니카 학부모들이 항의했다는 사실은 놀랍지 않다. 동방박사 세 사람 대신 산타클로스를 내세우는 것을 달가워하지 않는 도미니카 부모들이 많으니까. 그러나 종교적인 이유로 반대하는 게 아니다. 어떤 부모들은 안 그래도 긴장이 감돈다고 생각한다. 아이들이 몰래 돌아다니며 비밀 쪽지를 남기는 것이 안 좋게 받아들여질 수도 있다.

"아, 좀!" 에이미가 눈알을 굴리며 말한다. "대체 무슨 얘기래?"

"엠바고 얘기야." 오스카가 설명한다. 모두 오스카를 돌아본다. 엠바고가 뭔지 확실히 아는 아이는 없다. "많은 나라가 이제 우리와 어떤 거래도 하지 않겠다는 거야." 오스카가 말을 잇는다. "미국도 마찬가지야." 오스카는 덧붙이며 에이미를 향해 고개를 끄덕인다. 에이미가 엠바고를 명령하기라도 한 것처럼.

"말도 안 돼." 낸시가 말한다. "미국이 너희랑 아무것도 하지 않을 작정이라면 우리가 왜 여기 있겠어?" 낸시는 에이미를 향해 눈알을 굴리고, 에이미도 낸시에게 눈알을 굴린다.

오스카는 그 말을 잠시 생각해본다. "모르겠어." 오스카가 마침내 인정한다. "하지만 우리 부모님은 그 일이 신경 쓰여서 누구를 속이는 일은 아무것도 하지 않기를 바라는 거야."

"그러니까 너희 부모님이 항의했구나!" 낸시가 말하며 에이미와 팔짱을 낀다. 두 여자아이는 성큼성큼 샘이 새 친구 몇 명과 농구공을 튕기는 곳으로 가버린다.

"비밀 산타는 누구를 속이는 게 아니야!" 에이미가 어깨 너머로 소리친다.

비밀 산타가 누구를 속이든 말든 우리 부모님은 항의하지 않았기를 진심으로 바란다. 하지만 그날 저녁 식사시간에 비밀 산타 놀이가 취소되었다고 말하자 부모님 얼굴에 안심하는 표정이 떠오르는 것을 보니, 우리 부모님도 교장선생님에게 항의한 게 아닐까 의심이 든다.

"비밀은 충분해." 엄마는 로레나가 디저트로 플랑*을 내오고 음식 접시를 치우는 동안 말을 멈춘다. "세상에 비밀은 이미 충

---

* 치즈, 크림, 과일 따위로 만든 디저트의 일종.

분해." 엄마도 우리한테 그 많은 비밀에 또 비밀을 덧붙이게 하면서!


수업시간에 브라운 선생님이 엠바고가 어떻게 이루어지는지 설명한다. 때때로 어떤 국가가 하는 일에 반대하는 여러 국가가 상황이 좋아질 때까지 그 나라와의 교역이나 사업을 거부하는 것이다.

"알다시피," 선생님이 말한다. "지금은 미국이 엠바고에 합류했어요."

오스카가 돌아보며 낸시와 에이미에게 '내가 그렇다고 했잖아'라는 뜻으로 고개를 끄덕인다.

여남은 손이 올라간다. 많은 미국 학생이 질문한다. 미국 아이들이 엠바고를 당하는 나라에 있어도 괜찮을까? 적진 안에 들어와 있는 게 아닐까? 감옥에 갇힐까?

선생님은 웃음을 터뜨리며 고개를 젓는다. "세상에, 아니에요!" 아이들을 안심시킨다. "절대 그런 게 아니에요. 국가끼리 의견이 다를 수도 있지만 생활은 계속되는 거예요. 미국은 이 나라와 친구가 되고 싶어해요. 중고생 형이나 언니가 있는 사람?"

우르르 손이 올라간다.

"가끔 부모님이 형이나 언니에게 외출 금지를 내리죠? 자, 그렇다고 부모님이 형이나 언니를 사랑하지 않는 건 아니에요. 그렇죠? 부모님은 걱정되니까, 형이나 언니를 더 좋은 사람으로 만들고 싶어서 그러는 거예요."

생각할수록 엠바고는 집에서 잘못할 때마다 앉아야 하는 벌받는 의자처럼 싫은 일 같다.

"그러면 도미니카공화국은 무엇을 잘못했는데요?"

도미니카 학생 하나가 질문한다.

그러나 브라운 선생님은 그 질문에 대답하지 않는다. "여러분, 정치 이야기는 그만해요! 우리가 결정해야 할 우리의 정치도 있어요. 오늘은 선거를 해야 돼요."

지금 우리 반 반장인 조이 팔런드가 크리스마스 방학 때 떠난다고 한다. 조이의 아빠 팔런드 대사님이 엠바고 때문에 워싱턴 DC로 소환되었다. 샘의 아빠 워시번 씨가 이제 영사관이나 마찬가지가 되어버린 대사관을 맡게 된다.

브라운 선생님이 후보를 추천하라고 하자 낸시가 손을 든다. "샘 워시번이요." 낸시가 큰 소리로 말한다. 벌써 샘이 뽑힌 것처럼 반 전체가 손뼉을 친다.


학교에서는 쑥스러워 샘과 친한 샘의 팬들 사이를 헤치고 들어가지 못한다. 그러나 단지로 돌아오면 우리는 여전히 좋은 친구다. 나는 샘에게 가족 단지 전체의 지도를 그려주고 토니 삼촌에게 들은 이야기를 몇 가지 들려준다. 1500년대에 프랜시스 드레이크 경이 해적을 이끌고 이 섬을 침략했을 때 우리 단지 자리에 보물을 묻었다는 이야기나 프란 삼촌 집 뒤의 옛 타이노족 묘지에 지금은 유령이 우글거린다는 이야기. 나도 이제는 진심으로 믿지 않지만 남에게 들려주기에는 신나는 이야기들이다.

"와!" 샘은 계속 감탄한다. "우리가 서 있는 바로 이 자리에 해적하고 유령이 있었단 말이야?"

나는 고개를 끄덕인다. 우리 반에서 가장 인기 있는 남자아이의 관심을 끄는 것은 정말 기분 좋다! 우리나라는 세계에서 가장 위대한 나라는 아닐지 몰라도 확실히 재미있는 나라다!

추차와 엄마가 장을 보러 나간 어느 오후에 추차의 방에 몰래 들어가 샘에게 추차의 관을 보여준다.

"와!" 샘은 수건걸이에 걸린 추차의 자주색 수건, 못 두 개로 고정한 자주색 모기장, 의자에 걸쳐놓은 자주색 드레스를 쭉 훑어보며 말한다. "추차는 꼭 자주색만 입어?"

나는 고개를 끄덕인다. "팬티 같은 것까지 염색해야 해."

남자아이에게 속옷 이야기를 했다는 걸 깨닫자 얼굴이 화끈거린다.

그러나 샘은 관 속을 열심히 들여다보느라 알아차리지 못한다. "왜 안감이 다 찢어졌어?"

나는 SIM이 관을 뒤집어엎고 안감에 칼을 찔러댔다고 말할 뻔한다. 그때 SIM이 쳐들어온 일을 아무한테도 말하지 말라고 한 엄마의 명령이 생각난다.

"무슨 일이 있었는지 맞혀볼까?" 샘이 넘겨짚는다. "어느 날 밤 뚜껑이 떨어져 닫히는 바람에 추차가 손톱으로 할퀴어 빠져나왔을 거야." 샘은 손가락을 갈고리 모양으로 구부린다. 샘은 흥분할 때면 늘 그렇듯 얼굴이 붉어진다. "그럴듯하지?"

비밀을 말하는 것과 거짓말을 하는 것 중 어느 쪽이 더 나쁜지 모르겠다. 그래서 만일을 위해 어깨만 으쓱한다. 다문 입으로는 파리가 들어가지 않는다. 나는 스스로 되새긴다.

세상엔 이미 비밀이 충분하다고 한 엄마의 말은 맞는 것 같다. 우리 단지의 비밀만으로도 긴 목록을 만들 수 있을 것이다. 갑작스럽게 떠난 사촌들, 진입로를 이 주 동안 지켰던 SIM, 토니 삼촌의 카시타 침입자, 새로 찍힌 발자국, 현관 옆의 담배꽁초 더미. 어느 날 나는 서둘러 단지 뒤쪽으로 가는 추차와 마주친다. 추차는 통조림을 쌓아올린 수레를 끌고 있다. "추차, 어디 가요?" 내가 묻는다.

"미 세크레토, 투 실렌시오." 추차가 속삭인다. 추차가 즐겨 쓰는 격언으로, '나는 비밀, 너는 침묵'이라는 뜻이다. 그러고는 서둘러 가버린다.

때때로 전화가 울려 내가 받으면 저쪽에서 끊어버린다.

하지만 한번은 어떤 남자가 돈 문도를 찾는다. 나는 서재에 있는 아빠를 부른 다음, 아빠가 전화를 받으면 수화기를 내려놓으려고 끊지 않는다.

"돈 문도?" 그 목소리가 묻는다. "코모 에스탄 라스 코사스?" 상황이 어떻습니까?

"스미스 씨의 테니스화를 기다리고 있습니다." 아빠가 말한다. 그 대답이 너무 이상해서 나는 수화기를 내려놓으려다가 계속 듣는다.

"윔피스에 있을 겁니다." 목소리가 대답하고 전화를 끊는다.

윔피스? 윔피스는 미국인을 비롯한 외국인이 주로 이용하는 멋진 식료품점이다. 유리문 가까이 가면 마술처럼 문이 저절로 열린다. 에어컨이 아주 세게 나와서 스웨터를 가져가야 한다. 추차는 마법에 걸린 곳이라며 엄마와 장을 보러 갈 때마다 들어가지 않고 버틴다.

나는 천천히 수화기를 내려놓는다.

우리 부모님은 나름의 비밀 산타 놀이를 하는 것 같다.

연휴를 맞아 학교가 쉰다. 보통은 내가 가장 좋아하는 연휴다. 첫째로는 내 생일 때문이고 그다음은 크리스마스 때문이다. 그러나 이번에는 모두 떠나서 쓸쓸할 테니 기대가 되지 않는다. 워시번 가족이 옆집으로 이사 와서 다행이다.

엄마는 내 생일에 샘을 초대하라고 하지만, 나는 샘에게 벌써 이 주 전에 열두 살이라고 말했기 때문에 거짓말을 들키고 싶지 않다. 올해 내 생일케이크는 하트 모양이다. 엄마는 데커레이션 케이크를 잘 만들기로 소문났지만, 좋은 밀가루나 미국제 식용 색소를 구할 수 없어 국산을 썼더니 엄마가 바라던 빨간 장미색이 아니라 자주색 케이크가 된다. 물론 추차는 기뻐한다.

엠바고 때문에 평소 크리스마스에 먹던 미국 음식 몇 가지는 구할 수 없거나 너무 비싸다. 올해는 큰 그릇에 붉은 사과를 담거나 작은 접시에 지팡이사탕을 담아 손님들에게 대접하는 일은 없을 것이다. 호두까기 인형은 호두 대신 할아버지 집 뒤의 아몬드나무에서 딴 아몬드나 까야 할 것이다.

게다가 올해는 선물도 하나밖에 받지 못할 것이다. 나는 팔찌에 달 조그만 장식이나 작년 크리스마스에 언니가 받은 것 같은 작은 열쇠와 자물쇠가 달린 일기장 중에 결정하려고 한다. 마침내 일기장으로 정한다. 엄마가 지금 우리 생활비로 금붙이는 너무 벅차다고 넌지시 알려주었기 때문이다. 사실 내가 무엇보다 바라는 것은 우리 가족이 다시 모이는 것이다.

"그래도 즐겁게 보낼 거야." 엄마가 약속한다.

크리스마스 전 토요일에 우리는 재래식 메르카도(시장)에 장을 보러 가서 돼지통구이, 아보카도, 구아버 페이스트, 잘 익은 플라타노*를 산다. 각양각색 상인들이 매대에서 큰 소리로 상품을 외친다. 옆에서 누더기를 걸친 상인의 아이들이 옹기종기 모여앉아 나를 쳐다본다. 운이 좋다는 기분과 부끄러운 기분이 한꺼번에 든다.

아빠는 늘 우리에게 미국처럼 이 어린이들에게 기회를 줄 정부가 필요하다고 말한다. "교육이 해답이야! 시장의 저 어린 티게리토(부랑아) 중 하나가 아인슈타인이나 미켈란젤로나 세르반테스가 될지 누가 알겠어!"

"문도, 다문 입으로는 파리가 들어가지 않아요." 엄마는 평소와 같은 말로 아빠의 입을 막는다. 하지만 엄마의 얼굴에는 자랑스러운 표정이 떠오른다. 자기 생각을 말하는 아빠가 영웅이라도 되는 것처럼.

우리 짐을 옮겨주는 남자아이 몬시토는 늘 모든 물건이 싱싱한 가장 좋은 가게로 안내한다. 몬시토는 몸집이 나만 하지만,

---

* 주로 껍질을 깎아 기름에 튀겨 먹는 바나나 모양의 푸른색 야채로, 중남미에서 즐겨 먹는다.

몇 살인지는 잘 모른다. 엄마가 묻자 몬시토는 고개를 저으며 씩 웃기만 한다. "생일이 언제인지 몰라?" 내가 끈질기게 묻는다. 몬시토는 나이를 모르면 문제가 생길지 모른다고 생각한 듯 불안한 표정을 짓는다. "열여섯 살이에요." 마침내 대답하지만, 추측처럼 들린다. 엄마는 몬시토가 정말 그 나이라도 나만큼 작을 수 있다고 한다. "가난한 아이들은 영양을 제대로 섭취하지 못해 잘 자라지 못한단다."

엄마는 절약하는 중이지만 몬시토의 가족이 크리스마스 음식을 살 수 있도록 팁을 넉넉하게 준다. 오빠가 입던 헌 바지도 몇 벌 주고. 아마 몬시토가 열여덟 살은 되어야 맞을 테고, 어쩌면 영영 맞지 않겠지만.


메르카도에서 돌아오는 길에는 차를 천천히 몰며 시내를 구경한다. 길거리는 사람들로 붐빈다. 대통령궁의 장식물을 보려고 모든 사람이 수도로 몰려온 것 같다. 등신대의 예수 탄생 장식물이 저 높이 말을 타고 있는 엘 헤페 동상 아래 잔디밭에 세워져 있다. 목동과 낙타, 마리아와 요셉까지 오로지 엘 헤페를 보기 위해 베들레헴에서 먼 길을 온 것 같다.

우리는 돼지통구이의 입에 넣을 사과 한 알과 크리스마스에 늘 먹는 맛있는 푸딩 데 판, 즉 빵 푸딩에 넣을 대추야자 몇 알을 사려고 윔피스에 잠깐 들른다. "노체부에나(크리스마스이브)를 위한 사치품이지." 엄마가 말한다. 나는 눈을 부릅뜨고 테니스화를 찾지만 팔지 않는 것 같다.

아빠는 가게 이름이기도 한 윔피라는 별명의 주인과 뒤쪽 사무실로 사라진다. 윔피는 전직 해병대원으로 오래전에 점령군과 함께 우리나라에 왔지만, 부대가 떠난 뒤에도 남아서 부유한 도미니카 아가씨와 결혼하고 식료품점을 열어 성공했다. 윔피는 근육이 울퉁불퉁하고 오른팔에는 독수리 문신이 있다. 가끔 아이들 앞에서 근육을 꿈틀거려 보이는데, 꼭 독수리가 날개를 치는 것 같다.

가게를 나오려는데 아빠가 보이지 않는다. 아빠는 이미 주차장에 나와 있다. 우리 차 트렁크 옆에 서서 한 발을 흙받기에 얹은 채 담배를 피우며 낮은 목소리로 진지하게 윔피와 이야기한다. 뒷좌석에는 추차가 팔짱을 끼고 앉아 가게 정면을 노려보고 있다. 가끔 언니가 얼굴을 찡그릴 때 엄마가 하는 말이 떠오른다. "눈빛으로 사람을 죽일 수 있다면……"

우리는 집에 아기 예수를 환영하는 장식을 하기 시작한다. 어느 일요일에 차를 타고 바닷가에 나가 베어 온 작은 바다포도나무를 흰색으로 칠하고 색깔 물을 채운 듯한 크리스마스 전구를 주렁주렁 매단다. 교황님의 축성을 받은 베들레헴산 올리브나무 아기 예수상을 나무 밑에 놓고, 현관문 앞 엘 헤페 초상화 옆엔 불이 들어오는 산타 얼굴을 매단다. 때때로 아빠가 지나가다 멈춰 서면 불그스름한 빛이 굳은 얼굴을 비춘다. 그러나 아빠가 사람을 죽일 듯한 사나운 눈빛으로 노려보는 것은 산타가 아니다.

노체부에나 밤에 엄마 아빠는 조촐한 '수탉' 파티를 연다. 수탉이 우는 이른 아침까지 이어지는 파티다. 엄마 아빠가 초대한 몇 안 되는 친구 가운데 워시번 부부와 오스카의 부모님인 만시니 부부도 있다. 오스카의 어머니 도냐 마리나는 얼마 전에 카나스타 모임에 들어왔는데, 어느 날 게임을 하다 엄마와 친척이라는 것을 알았다. 두 분은 점수판 뒷면에 복잡한 가계도를 한참 그려나갔다. 아주 먼 친척이니 오스카가 학교에서 친척 사이라는 얘기를 꺼내지 않았으면 좋겠다.

손님이 모두 도착하기 전에 뉴욕에서 특별한 전화가 온다. 이번에는 할머니나 할아버지 또는 삼촌 한 명이 건 전화가 아니다. 모두가 할아버지 할머니 집에 모였다. 우리는 한 사람씩 전화를 붙들고 "펠리스 나비다드(메리 크리스마스)"라고 소리친다. 바다 밑 케이블이 아니라 목소리 크기가 우리 얘기를 몇 마일 너머까지 전해줄 것처럼. 내 차례가 되자 엄마는 말조심하라고 주의를 주지만 그런 걱정은 필요 없다. 하도 입단속을 해서 카를라에게 말하려고 생각해둔 몇 가지 일이 하나도 생각나지 않는다.

"내 카드 받았니?" 카를라가 소리친다.

"아니, 아직!" 나도 되받아 소리친다. 모든 우편물은 검열을 거쳐야 하기 때문에, 특히 크리스마스에는 편지를 받는 데 오래 걸린다.

나는 늦게까지 자지 않고 로레나와 추차를 도와 전통 럼 펀치 쟁반을 나른다. 올해는 잔이 작아졌지만, 모두 한자리에 모인 것을 기뻐한다. 아빠가 잔을 들고 건배를 제안한다. "새해에는 평화와 자유가 찾아오기를……" 엄마가 긴장하며 곁눈질로 로레나를 살핀다. 아빠도 뭔가 위험을 느낀 듯 다음과 같이 덧붙인다. "세상 모든 사람에게 파스 이 리베르타드(평화와 자유를)!"

"산타 할아버지한테 무엇을 받고 싶니?"

워시번 부인이 나에게 묻는다. 나는 버릇없게 굴지 않으려고 혀를 깨문다. 열두 살치고 작은 것은 사실이지만, 지금은 언니가 물려준 굽이 살짝 있는 에나멜 구두를 신어서 거의 150센티미터나 된다. 또 엄마가 립스틱과 볼연지도 조금 발라주고 머리에 헤어스프레이도 뿌려줘서 더욱 어른 같은 기분이 들었는데, 그래봤자 남의 눈에는 나이를 거꾸로 먹은 것처럼 보이는 모양이다.

잠자리에 든 다음에도 창밖 파티오에서 희미하게 들려오는 즐거운 목소리에 자꾸 잠이 깬다. 자정 가까운 시간에 모두들 영어와 스페인어로 캐럴을 부르기 시작한다. 때로는 두 언어가 뒤섞이고, 때로는 영어가 스페인어를, 때로는 스페인어가 영어를 누른다. 누구 목소리가 음정을 틀리지 않고 부르느냐에 달려 있다.

마침내 잠이 들어 산타가 사촌들을 가득 태운 검정 폴크스바겐을 몰고 도착하는 꿈을 꾼다. 사촌들은 사과와 건포도와 호두가 가득 든 바구니를 들었다. 산타는 우리 집 현관문을 두드리고 또 두드리지만, 안쪽에서 벌어지는 떠들썩한 파티 소음 때문에 아무도 듣지 못한다.

나는 산타에게 문을 열어주려고 벌떡 일어나 앉는다. 섬뜩한 침묵이 집 안을 채우고 있다. 손님들은 떠난 듯하다. 나는 침대 옆 블라인드를 열고 파티오 너머 정원을 내다본다. 파티 초롱은 꺼졌고 정원은 어둠에 묻혔다. 그러나 멀리 단지 뒤쪽 토니 삼촌의 카시타에서 불빛 하나가, 어두운 나뭇잎 사이로 불꽃이 반짝인다. 잠이 덜 깬 멍한 상태에서 기쁨이 밀려온다. 내가 다시 어린아이가 되어 비밀 산타가 찾아온 것처럼.

# 4
# 없어진 일기장

브라운 선생님은 글을 쓰면 더욱 생각이 깊고 재미있는 사람이 된다고 늘 말한다. 재미있는 사람이 되는지는 모르겠지만, 크리스마스 선물로 일기장을 받고 나니 확실히 많은 생각을 하게 된다.

예를 들면 샘. 이제는 너무 하얘 보이지 않는 샘의 백금발……샘의 백일몽을 꾸는 듯한 하늘빛 눈…… 갑자기 샘이 친구 이상이 되었으면 좋겠다는 생각이 든다. 남자친구를 사귀어도 되든 말든 상관없다!

이 모든 것을 글로 쓰기 전에는 내가 속으로 이런 생각을 하는 줄 정말 몰랐다.

나는 이유가 있어서 늘 연필로 글을 쓴다. 내가 쓴 것을 곧바로 확실하게 지울 수 있어야 하기 때문이다. 카를라의 커다란 지우개를 아직도 갖고 있다. SIM이 문 앞에 와 있어도 지우개만 몇 번 왔다갔다하면 어떤 증거든 없애버릴 수 있다.

또하나의 위험은 엄마다. 참견을 잘해서가 아니다. 엄마는 하느님이 천국에서 우리를 내려다보는 것만으로 충분한 감독이 된다고 믿으니까. 그러나 요즘 엄마가 얼마나 신경이 날카로운지, 그리고 우리가 어떤 상황에 처해 있는지 생각해보면, 엄마가 침대를 정리하다 베개 밑에서 일기장을 발견해 '나는 새뮤얼 애덤스 워시번을 사랑하는 것 같다' 같은 문장을 읽기라도 하면 어떤 사이로든 샘과 친하게 지내는 것은 바로 끝이다.

그래서 비밀 이야기는 매번 딱딱한 사탕을 깨물어 먹기 전에 맛을 즐기듯 그날이 갈 때까지만 적어둔다. 그리고 밤이 되면 만일의 경우에 대비해 그 페이지를 지워버린다.

나는 샘에게 일기장 이야기를 하지 않았다. 샘이 보여달라고 할 테니까. 내가 카를라에게 쓰는 편지도 부치기 전에 부모님이 늘 읽어본다. 카를라가 나에게 보내는 편지는 깔끔하지 못한 검열관이 읽는 듯하다. 봉투가 찢어지고 테이프가 덕지덕지 붙은 채, 때로는 문장이 통째로 지워진 채 오기 때문이다.

샘이 미국에서 발명된 보이지 않는 잉크 이야기를 해준다. 그 잉크로 글을 쓰면 아무도 읽을 수 없고, 종이를 어떤 화학약품에 담가야 글자가 나타난다는 것이다.

내 일기장에 쓸 수 있게 보이지 않는 잉크 한 병이 있었으면 좋겠다. 사실 늘 지울 준비를 하며 연필로 쓰는 것이 조금 슬프기 때문이다. 그러나 샘은 우리나라에선 어디서도 그 잉크를 팔지 않을 거라고 한다. 윔피스에서도.


주현절 직후인 1월 9일 월요일이 개학날인데, 월말까지 수업을 시작하지 않는다는 교장선생님의 통지문이 온다. 많은 미국인이 새 대통령 존 F. 케네디의 취임식을 맞아 워싱턴 DC로 여행을 갔다고 한다. 팔런드 가족처럼 돌아오지 않는 가족이 많을 것이다.

아빠가 미국에 있는 학교에 다닐 때부터 팔런드 씨를 알았기 때문에 우리도 작별 인사를 하러 간다. 윔피와 워시번 씨도 와 있다. 아빠는 어른들이 모여 있는 파티오로 나간다. 어른들의 대화가 토막토막 들려온다. "테니스화" "나비들 일에 격분" "CIA의 개입"…… 어른들이 하는 말을 끼워 맞춰보려는데 팔런드 부인이 나를 불러 문에서 떼어낸다. "아니타, 이리 와서 조이한테 우리 새 대통령 취임식 얘기 좀 들어보렴."

미국인이 자기네 나라를 어떻게 운영하는지는 학교에서 배워 잘 안다. 사 년마다 경쟁을 벌여 누구든 이긴 사람이 '혜페'가 된다. 그러나 계속 '헤페'로 남을 수는 없다. 두 번까지만 그 경쟁에서 이길 수 있고 다음에는 다른 사람에게 기회를 주어야 한다.

우리도 선거를 하지만 트루히요 한 사람만 나오고, 트루히요는 벌써 삼십일 년 동안 우리의 '헤페'였다. 예전에 브라운 선생님에게 왜 아무도 트루히요와 겨루지 않느냐고 물었는데, 선생님은 머뭇거리다 부모님께 여쭤보는 게 좋겠다고 말했다. 엄마에게 물어봤더니 엄마는 "아빠한테 물어봐"라고 했고, 아빠에게 물었더니 엄마한테 가서 물어보라고 했다. 얼마 뒤에는 묻는 것에 진력이 났다.

엄마 아빠 모두 케네디 씨가 미국 대통령이 된 것을 정말 기뻐한다. 엄마는 케네디 씨가 머리숱이 많고 마흔세 살밖에(?!) 안 되었으며 무이 구아포, 즉 아주 잘생겼다고 생각한다. 케네디 씨는 천주교 신자이기도 한데, 우리 가족과 종교가 같아 친척 같은 느낌이 든다. 아빠는 케네디 씨가 스스로 전 세계 민주주의의 수호자라고 선언했다는 점이 가장 중요하다고 말한다.

다음 카나스타 모임 때 엄마 친구들은 아는 사람 가운데 우리나라를 떠난 가족이 얼마나 되는지 확인한다. 워시번 부인은 워시번 씨가 가족만 보낼 생각이라고 털어놓는다. 워시번 부인은 남편을 그냥 헨리라고 부르면 누구 이야기인지 아무도 모를 거라 생각하는지 늘 워시번 씨라고 부른다.

"워시번 씨한테 내 눈에 흙이 들어가기 전에는 안 된다고 했어요." 부인은 탁자에 앉은 사람들에게 큰 소리로 말한다. "우리는 워시번 씨가 떠날 때 떠날 거예요! 우린 외교관 면책특권이 있어요. 감히 우리한테 손대면 그 개자식은 끝장이에요!"

도미니카 여자들은 아무도 입을 열지 않는다. 조용히 카페시토(커피)를 홀짝이며 서로를 바라본다. 워시번네가 옆집에 이사 온 뒤로 영어 실력이 대단히 좋아진 엄마가 말한다. "도리스, 포르 파보르, 설탕 그릇에 뚜껑을 덮어주세요. 파리가 많아요."

나는 파리가 어디 있나 둘러보지만 하나도 보이지 않는다. 로레나가 마침 부엌에서 쟁반을 들고 나와 빈 커피잔을 치운다. 로레나가 파리를 쫓았나보다.

그때 문득 알아차린다. 엄마가 워시번 부인에게 암호로 말하고 있다는 것을. 엄마는 '엿듣는 사람이 있으니 조용히 해요'라고 말한 것이다. 들어가서는 안 되는 방에 들어선 기분이다. 하지만 안에 들어오니 문이 사라져버렸다. 언니가 언젠가 나도 생리를 하게 된다고 이야기했을 때와 똑같은 기분이 든다. "내가 싫다면 어떻게 돼?" 다리 사이로 피가 흐른다니 생각만 해도 메스꺼워서 물었다. "넌 선택의 여지가 없어." 언니가 쏘아붙였다.

나중에 일기장에 워시번 가족이 미국으로 돌아갈 것 같다고 쓴다. 샘을 잃는다는 생각만 해도 울음이 터진다. 일기장에 떨어진 눈물을 훔치자 글씨가 알아볼 수 없을 만큼 번져서 오늘밤엔 아무것도 지울 필요가 없을 것 같다.

엄마 말에 따르면 나는 언니와 똑같은 욕실광 증세를 보이고 있다.

엄마가 그런 말을 하면 나는 눈알을 굴린다. 하다못해 나만의 병도 가질 수 없단 말인가? 나는 엄마의 카페콘레체(카페라테) 색 피부와 아빠의 검정 곱슬머리와 할머니의 끝이 살짝 들린 코와 모든 사람에게 미소를 지으며 평생을 보낸 어떤 대고모의 보조개를 물려받았다고들 한다. 나라는 인간은 물려받은 인간에 지나지 않는 것 같다!

물론 엄마 말이 맞다. 사실 나는 욕실에 예전보다 훨씬 오래 있는다. 하지만 언니를 흉내 내는 것이 아니라 샘을 좋아하는 것과 많은 상관이 있다는 말은 하지 않을 것이다.

확실히 여자아이는 남자아이를 좋아하게 되면 자기가 얼마나 예쁜지 고민하게 된다. 나는 거울 앞에 서서 내 모습을 뚫어지게 바라본다. 검은머리는 곱슬곱슬하다. 코는 보통이다. 입도 보통이다. 생각해보면 정말 얼굴 전체가 아주 보통이다. 그러나 워시번 부인은 내가 햇볕에 그을린 오드리 헵번을 좀 닮았다고 한다. 언니에게 그 말을 했더니 "꿈 깨"라고 딱 잘라 말한다.

그래도 워시번 부인이 그렇게 생각한다면 샘도 똑같이 생각하지 않을까? 나는 언니의 묵은 〈노베다데스〉 잡지와 워시번 부인이 버린 〈룩〉 〈라이프〉 지에서 오드리 헵번의 사진을 찾아본다. 찾는 사진마다 언니의 말이 맞다는 것을 확인하고 꿈을 깬다.

카나스타 모임이 있는 어느 오후에 만시니 부인이 오스카를 데려온다. 엄마가 만시니 부인에게 반 친구가 오면 내가 엔칸타다, 즉 아주 기뻐할 거라고 말했다. 그때 나는 눈알을 굴리지 않으려고 안간힘을 썼다. 엄마는 그게 내가 열두 살이 되면서 생긴 고약한 버릇이라고 한다(열한 살 때는 나를 제대로 보지 않았나보다!).

'친척' 오스카가 와 있으면 샘이 나하고 놀기 싫어할까봐 걱정이다. 엄마가 친구 왔다고 불러도 방에서 나가지 않는다. 그러다 인사는 하려고 나가보니 오스카와 샘은 벌써 사라졌다. 그애들이 트램펄린에서 뛰어오르며 누가 케이폭나무 가지를 건드리나 겨루는 것이 보인다.

오스카와 샘이 서로 싫어할까봐 걱정했는데, 지금은 나만 빼고 친해져 속상하다. 때로는 내 마음이 진짜 헷갈린다! 일기장에 글을 써야 그나마 마음이 차분해진다.

오스카가 먼저 나를 알아본다. "야, 아니타!"

나는 마주 손을 흔드는 대신 돌아선다.

"쟤 왜 저래?" 샘이 묻는 소리가 들린다.

"기분이 상했나봐." 오스카가 대답한다. "야, 아니타, 잠깐 기다려." 오스카가 부른다. 내 마음을 이해하는 사람이 내가 몰래 결혼 계획을 세우는 샘이 아니라 오스카라니 믿을 수 없다.

그애들이 나를 따라잡았을 때도 오스카가 먼저 말을 건다. "네가 어디 있나 궁금했어."

"그래." 샘이 덧붙이자 다시 내 마음에 햇살이 비친다.


"온 나라가 큰일 났어." 오스카가 설명한다. 셋이 한꺼번에 뛰는 바람에 트램펄린 줄 하나가 끊어져서 우리는 트램펄린 아래에 앉아 있다. "엄마가 윔피스에서 브라운 선생님을 만났는데 떠나는 가족이 너무 많아서 학교가 문을 닫을지도 모른다고 했대."

"우리는 남을 거야!" 샘이 자랑스럽게 말한다. "우리는 앰네지아(건망증)가 있어."

"앰네스티(사면)겠지." 오스카가 고쳐준다. 나는 웃지 않으려고 입술을 깨문다. 샘 워시번을 사랑한다고 생각하지만, 도미니카인이 미국인의 영어를 바로잡아줄 때면 자랑스러운 기분을 누릴 수 없다. "하지만 네가 말하는 건 면책특권이야." 오스카가 말을 잇는다. "우리도 면책특권이 있어. 아빠가 이탈리아대사관

76

에서 일하니까. 다른 나라 영토 안에 있으면 SIM이 손을 못 대니까 많은 사람이 대사관에 숨어 있어. 너희 삼촌처럼." 오스카가 나를 돌아본다.

"어느 삼촌?" 내가 묻는다. 물론 토니 삼촌을 생각하면서.

"이름은 말할 수 없어. 하지만 엠바고는 다른 나라들이 대사관을 닫는다는 뜻이야. 그래서 너희 대사관이 없어진 거야." 오스카가 샘에게 말한다. "영사관만 남았지."

"우리 아빠는 영사야." 샘이 뻐긴다.

"알아, 그렇지만 대사는 아니지."

"그래서?"

오스카는 어깨를 으쓱한다. "너희 아빠는 이 나라에 자유를 가져오려는 사람들을 도울 수 없다는 얘기야."

우리는 자유로워! 나는 소리치고 싶다. 그러나 왜 SIM이 우리 단지에 쳐들어왔고, 왜 토니 삼촌이 사라져야 했고, 왜 일기장에 쓴 것을 모두 지워야 하는지 생각해보면 오스카의 말은 사실이다. 우리는 자유롭지 않다. 우리는 잡혀 있다. 가르시아 가족은 제때 떠난 것이다! 나는 SIM이 우리 집에 쳐들어왔을 때와 같은 공포를 느낀다.

"너희 아빠하고," 오스카가 샘을 가리킨다. "너희 아빠하고 우리 아빠도," 나를 가리킨 다음 자기를 가리키며 덧붙인다. "다

들 알지만 우리를 걱정시키기 싫은 거야."

"그런데 너는 어떻게 다 알아?" 샘이 오스카에게 맞서듯 묻는다.

오스카의 얼굴에 천천히 웃음이 퍼진다. "나는 질문을 많이 하니까."

나도 그래. 나는 생각한다. 하지만 지금까지 아무 답도 듣지 못했다.


오스카가 해준 이야기를 모두 일기장에 적는다.

일기장이 없으면 어떻게 할지 모르겠다. 내 세계 전체가 산산조각 나는 듯한데, 나는 글을 쓰며 연필을 바늘과 실 삼아 조각들을 도로 이어붙인다. 때로는 한밤중에 깨서 울음을 터뜨린다. 복도를 지나 언니 방으로 가서 언니 옆을 파고든다. 언니도 나를 반기는 듯하다. 예전 같으면 나가라고 할 텐데 그대로 두는 걸 보면.

오스카가 해준 가장 심한 이야기는 엘 헤페에 관한 것이다. 엘 헤페가 얼마나 나쁜 사람인지 언니에게 처음 들었을 때는 몹시 혼란스러웠다. 언제나 모두가 엘 헤페를 신처럼 여겼다. 내가 얼마나 여러 번 십자가의 예수님 대신 엘 헤페에게 기도했는지 생각하면 몸서리가 쳐진다.

"사람을 십자가에 못 박는 것보다 훨씬 심한 짓을 해." 한번은 오스카가 우리에게 말한다. "사람들을 없애버리는 거야."

추차가 SIM은 사람들을 없앴다고 한 말이 생각난다. "그게 정확히 무슨 뜻이야?" 나는 오스카에게 묻는다. 오스카는 언니보다 훨씬 말하기 편하다. 보통 언니에게 무슨 답을 들으려면 애걸은 기본이고 공짜로 등까지 안마해줘야 한다.

"사람들을 체포한 다음 눈과 손톱을 뽑고 시체를 바다에 던져 상어 밥이 되게 하는 거야."

"와!" 샘이 비상한 관심을 보인다. 더 끔찍한 세부 묘사를 듣고 싶은 눈빛이다.

나는 속이 메슥거린다. 눈도 손톱도 없는 토니 삼촌은 너무 끔찍해서 생각도 할 수 없다. 그러나 내가 사랑하는 남자아이와 친척이고 싶지 않은 친척 앞에서 토하기는 싫다. "우리 단지에 정체를 알 수 없는 유령이 있어." 화제를 바꾸고 싶어 큰 소리로 말한다. 무섭게 들리기를 바라지만, 지금 들은 이야기에 비하면 유령은 아무것도 아닌 것 같다.

"밤에 나왔다가 낮에는 떠나." 샘이 덧붙인다. 나는 이미 샘에게 크리스마스이브에 토니 삼촌의 집에서 불빛을 본 이야기를 해주었다. 우리는 오스카에게 열려 있던 문과 담배꽁초 이야기까지 자세히 해준다.

"가보자." 오스카가 말한다.

단지 뒤쪽으로 가는 샛길에서 서둘러 다가오는 발소리가 들린다.

"너희 이 뒤에서 뭐 하니?" 추차가 우리를 하나씩 훑어보며 묻는다. 누가 사실대로 말할지 알아내려는 듯하다.

"허락받았어요." 내가 친구들 앞으로 나서며 말한다.

추차는 나에게 눈을 맞춘다. 옛날에 내 기저귀를 갈아주었으니 허락하고 안 하고는 바로 자신이 결정한다고 말할 참이다.

나는 재빨리 포기하고 설명한다. "추차, 토니 삼촌의 카시타에 누가 있었어요."

추차는 경고하듯 검은 눈을 부릅뜬다. "아주 조심해야 돼." 그리고 전에 그랬던 것처럼 목 자르는 시늉을 하며 속삭인다. "곧 피할 수 없는 일이 일어날 거야." 추차는 하늘을 올려다본 다음 사방에 징조가 있다는 듯 주위를 둘러본다. "믿을 것은 침묵뿐, 믿을 것은 어두운 은신처와 날개와 기도뿐이다." 추차의 말에 귀를 기울이다. 가끔 추차가 꿈에서 미래를 본다는 사실이 떠오른다. 추차가 무엇을 보았을까 생각하니 몸이 떨린다.

샘은 스페인어를 조금 할 줄 알지만 추차가 하는 말은 거의 알아듣지 못한다. 추차는 스페인어에 아이티어를 섞어 중얼중얼하는 버릇이 있다.

"뭐라는 거야?" 샘이 궁금해한다.

"잘 모르겠어." 내가 대답한다. "가끔 추차는 수수께끼 같은 말을 해서 무슨 말인지 알아내려면 머리를 써야 해." 나의 옛 유모를 다시 돌아보며 가장 마음에 걸리는 일을 묻는다. "토니 삼촌은 괜찮아요?"

추차가 대답뿐 아니라 그 답에 실체까지 부여해준 것처럼, 작은 집의 창문에 어떤 얼굴이 나타난다. 그 검은 곱슬머리, 사각 턱, 예쁜 소녀들이 미미 고모에게 전화해 고모의 난초를 구경하러 와도 되냐고 묻게 만든 그 잘생긴 얼굴을 잘못 봤을 리 없다. 눈도 손톱도 잃지 않은 멀쩡한 삼촌을 보니 안도감이 밀려온다. 그러나 큰 소리로 삼촌을 부르지 않을 정도의 정신은 남아 있다.

"누구야?" 샘이 묻는다. 샘과 오스카도 내가 보는 쪽을 살펴본다.

영어를 한마디도 모르면서 샘의 질문을 어떻게 알아들었는지 추차가 대꾸한다. "아메리카니토(미국인)에게 그애가 보지 못한 사람이라고 말해라."

나는 영어를 할 줄 알지만 나도 이해할 수 없는 말을 어떻게 옮겨야 할지는 모르겠다.

그애가 보지 못한 사람이라고 말해라. 일기장에 적고 있는데 문 두드리는 소리가 들린다. "운 모멘티토(잠깐만요), 포르 파보르." 나는 소리치고 얼른 쓰고 있던 페이지를 지운 다음 일기장을 베개 밑에 찔러넣는다.

엄마가 문간에 서 있다. "괜찮니?" 방 안을 둘러보며 묻는다. 내가 무엇을 숨기느라 "들어오세요"라고 하기 전에 "운 모멘티토"의 시간이 필요했는지 궁금할 것이다.

"보여줄 게 있어." 엄마가 뭔가 비밀이 있는 듯 밖으로 따라나오라고 손짓하며 말한다.

엄마는 앞장서서 파티오를 지나 할아버지 집 앞을 돌아 한때 미미 고모의 수련이 가득 피어 있던 연못으로 간다. 지금 그 연못은 녹색 더껑이로 덮였고 황소개구리가 들끓는다. 우리는 돌벤치에 앉는다. 엄마가 두 손으로 내 양손을 잡는다.

"아니타, 이상한 일이 많이 일어나지?" 엄마가 말을 꺼낸다. "머릿속에 궁금한 것도 많고 걱정도 많겠지." 엄마는 지난달에 쌓인 걱정을 모두 지워버리려는 듯 내 얼굴을 아주 부드럽게 어루만진다. "갑자기 어른이 될 수밖에 없어서……"

"엄마, 난 열두 살이나 되었다고요!" 나는 한숨을 쉬며 눈알을 굴린다. 요즘은 누가 나를 어린애 취급하면 화가 난다. 그러나 이제 어린아이가 아니라서, 그런 만큼 아는 것이 많아져서 슬프기도 하다. 이렇게 혼란스러운 감정도 일기장에 썼지만, 혼란은 글로 써도 조금도 분명해지지 않는다.

"정말 이제 작은 숙녀가 되었네." 엄마가 고개를 끄덕인다. "그래서 루신다와 문딘에게 털어놓은 비밀을 너한테도 얘기해 줄 거야. 괜찮겠지?" 엄마는 다음 단계로 넘어가도 될지 확신이 없는 듯 덧붙인다.

나는 눈알을 굴린다. "엄마, 나는 엄마가 생각하는 것보다 아는 게 훨씬 많아요!"

"그래?"

나는 지금이 오스카가 이야기해준 온갖 무서운 일이나 카시타 창문에서 토니 삼촌을 본 일을 말할 때가 아닐까 생각한다. 그러나 그런 이야기를 했다가 엄마 이야기를 듣지 못할까봐 걱정이 된다. "그냥 세뇨리타가 되는 일에 대한 거요."

엄마가 머뭇거린다. "너…… 생리 시작했니?"

나는 고개를 젓는다. 전에는 다리 사이로 피가 흐르기 시작하면 엄마한테 가장 먼저 말하게 될 줄 알았다. 지금은 그렇게 사적인 일을 엄마한테 말해도 될지 모르겠다.

"무슨 일이 있었냐면, 네 삼촌과 친구들이 정부가 마음에 안 들어서 어떤 계획을 세웠는데 그것을 SIM이 알아냈어." 엄마의 이야기는 언니가 해준 이야기와 비슷하게 흘러간다. "그 친구 중에 많은 사람이 체포되었어. 몇 사람은 카를로스 고모부처럼 나라를 떠났지만, 어떤 사람들은 죽임을 당했단다."

엄마는 잠시 말을 멈추고 눈을 훔친다. 그러고는 주먹 쥔 두 손을 무릎 위에 내려놓는다.

"처음에 너희 아빠는 가족이 위험에 빠지길 원치 않았어. 하지만 자유 없는 삶은 아예 사는 게 아닐 때도 있단다."

그 말이 무시무시하게 들린다. 총살형을 선고받은 사람이 총을 맞기 전에 할 만한 말 같다. "그럼 왜 뉴욕에 가서 다른 가족들과 함께 자유롭게 살지 않아요?" 우리는 잡혀 있는 게 아니니까 마음만 먹으면 떠날 수 있다고 확인해주기를 바라며 묻는다.

"안 돼!" 엄마가 주먹을 쥐며 말한다. "조지 워싱턴이 자기 나라를 떠났다면 미국이 어떻게 되었겠니? 에이브러햄 링컨이 '더는 못하겠다'고 했으면 어떻게 되었을까? 흑인은 지금도 노예겠지."

나는 겁쟁이처럼 군 것이 부끄러워진다. 아빠가 몬시토를 포함해 모든 사람이 기회를 얻는 나라에 대해 이야기한 것이 생각난다.

"언젠가는," 엄마가 말을 잇는다. "우리도 자유를 찾을 테고 네 사촌과 고모와 삼촌 들이 모두 돌아와 우리에게 고마워할 거야." 엄마는 고르지 못한 땅과 무성해진 덤불과 버려진 집들을 둘러본다. 슬픈 표정이 스친다. "사실은 엠바고가 벌써 큰 도움이 되고 있어. 다른 나라 참관인이 와 있으니 정부는 공정하다는 것을 과시하려 애쓰지. 덕분에 감옥에 갇혔던 토니 삼촌의 친구들이 모두 풀려났어. 상황은 달라질 거야. 그날까지는 참을성을 가지고 조금씩 희생해야 해."

곧 가장 말하기 힘든 이야기가 나올 것을 알았다.

"토니 삼촌은…… 숨어 있었어." 엄마가 조심스럽게 말을 고르며 설명한다. "이제 밖에 나올 수 있어. 그래도 SIM이 마음만 먹으면 언제라도 삼촌을 끌고 갈 수 있단다. 옆집에 워시번 씨가 있으니 단지 안에만 있으면 꽤 안전해. 하지만 너나 샘이나 오스카는 저 뒤쪽으로 가지 않는 게 좋겠다." 엄마는 고개로 카시타 쪽을 가리킨다. "이 일은 아무한테도 말하면 안 돼. 네 베개에나 대고 말하면 모를까……"

바로 지금 내 베개 밑에 감춰져 있는 것이 생각나 켕기는 표정을 지었나보다. 엄마는 내 생각을 읽은 것처럼 말을 잇는다.

"미 아모르(내 사랑), 마지막으로 한 가지 어려운 부탁을 할게. 당분간 네 일기장에는 아무것도 쓰지 마라."

"너무해요!" 엄마는 내 크리스마스 선물로 일기장을 주었다. 거기에 아무것도 쓰지 말라니, 내가 받은 단 하나의 선물을 빼앗아가는 것과 같다.

"아니타, 너무하다는 거 알아." 엄마는 엄지손가락으로 내 눈물을 닦아준다. "지금 당장은 나비 고치 속의 작은 애벌레처럼 지내야 해. 모두 꼭꼭 닫고 비밀로 한 채 그날이 올 때까지……" 엄마는 날개라도 되는 듯 두 팔을 펼친다.

그 떨리는 목소리를 듣고 어떤 부탁인들 거절할 수 있을까?

나는 방으로 돌아가 일기장의 모든 페이지를 지운다. 그러고는 내 옷장 속에 카를라의 물건들과 함께 치워둔다. 그날이 올 때까지.

# 5
## 스미스 씨

단지 안을 돌아다니지 못하게 된 요즘 나는 파티오에서 샘과 카드놀이를 하며 많은 시간을 보낸다. 엄마가 왜 그렇게까지 조심하는지 모르겠다. 옆집에 영사님이 살고 있으니 해병대가 단지를 이십사 시간 지킨다. 때로는 밤에 정원을 순찰하는 해병대의 부츠 부딪치는 소리에 잠이 깬다.

우리는 카지노나 카나스타나 그림맞추기 같은 카드놀이를 한다. 수지 언니와 우리 언니도 우리만큼 지루해하며 함께 게임을 한다. 마침내 다시 문을 연 학교에 갈 때만 빼고 이제 외출을 하지 않는다. 부모들은 조심하고 있다. 특히 젊은 딸을 둔 부모들은.

"왜 그러는데?" 내가 묻는다. 우리는 파티오에 앉아 카지노

게임을 하고 있다.

수지 언니는 손안의 카드를 부채처럼 펼친다. 손톱을 소라껍데기 안쪽 같은 엷은 분홍색으로 칠했다. "스미스 씨 때문이야." 수지 언니는 우리 언니를 의미심장하게 바라보며 말한다. 둘이서 키득키득 웃음을 터뜨리자 샘과 내가 동시에 묻는다. "스미스 씨가 누구야?"

"스미스 씨는 진짜 이름이 아니야." 수지 언니가 목소리를 낮춘다. 어떤 화제가 나오면 수지 언니조차 소곤소곤 말한다. "아주 힘 있는 사람이야. 그런데 여자를 좋아해. 예쁘고 젊은 여자. 그래서 부모들이 스미스 씨 눈에 띌지 모르는 공공장소에 딸을 못 가게 하는 거야. 스미스 씨는 보고 원하게 된 것을 반드시 손에 넣으니까."

나는 몸서리치며 우리 언니를 바라본다. 언니는 신경성 두드러기가 빨갛게 돋은 목을 긁고 있다.

"야, 천재, 누가 이겼니?" 수지 언니가 점수를 적는 샘에게 묻는다. 수지 언니는 툭하면 남동생에게 비꼬는 말을 한다. "오오, 루시 베이비! 십오 점을 땄어. 행운의 숫자야!"

이 주 뒤면 수지 언니는 열다섯 살이 된다. 우리 언니가 수지 언니에게 우리나라에서 여자아이의 열다섯번째 생일이 얼마나 중요한지 말해주었다. 어떤 부모들은 킨세아녜라*를 결혼식만큼 화려하게 열어준다. "네 생일 때 꼭 뭔가를 해야 돼." 우리 언니가 힘주어 말한다.

"뭘? 컨트리클럽에도, 바닷가에도 갈 수 없잖아." 수지 언니는 불만을 줄줄이 읊는다. 우리 언니가 엄마에게 자주 이런 목록을 읊는 것처럼 수지 언니도 자기 엄마에게 자주 읊어본 듯하다. "너무너무 지루해. 재미있는 일이 조금만 있어도 좋을 텐데." 수지 언니는 꼭 나쁜 패가 들어왔을 때의 언니네 엄마처럼 긴 한숨을 뱉는다.

"그냥 여기에서 파티를 열지그래?" 샘이 건성으로 말한다. 점수를 처음부터 다시 계산하면서. 그래도 지금까지 샘의 점수가 가장 낮다. "여기가 컨트리클럽 같잖아."

수지 언니와 우리 언니가 샘에게 날개라도 돋은 것처럼 샘을 바라본다.

"글쎄, 그렇다고." 샘이 방어하듯 덧붙인다.

"아, 새뮤얼." 수지 언니가 말한다. "환상적인 생각이야!" 그러면서 몸을 내밀어 남동생의 뺨에 뽀뽀를 쪽 한다. 샘은 '내 목에 아나콘다가 감겨 있어' 표정을 지으며 곧바로 닦아낸다.

"내 동생은 천재야." 수지 언니가 잘라 말한다. 이번에는 비꼬

---

＊ 만 열다섯 살 생일을 축하하는 거창한 파티.

는 게 아니다.


처음에 수지 언니의 부모님은 성대한 킨세아녜라를 달가워하
지 않는다.

"열여섯 살이 될 때까지 기다렸으면 좋겠대!" 수지 언니가 우
리 언니와 나에게 투덜거린다. 우리는 수지 언니 방에서 휴대용
레코드플레이어로 처비 체커라는 남자의 노래를 들으며 트위스
트를 연습하고 있다. 샘이 스카우트 모임에 가자 언니들이 함께
놀자고 나를 불러주었다. 우리 언니는 친구와 있을 때면 보통 나
한테 나가라고 한다. 그런데 요즘은 훨씬 잘해준다. 내가 그냥
멍청이 어린 동생이 아니라 잠재적 친구라는 것을 깨달았나보
다. 어, 잠재적 친구까지는 아닐지 모르지만.

"'이런, 수전 엘리자베스.'" 수지 언니가 자기 부모님 흉내를
내며 말한다. "'미국에 돌아가면 열여섯 살 생일파티를 크게 열
수 있단다.' 말이 되니?"

"너무한다." 우리 언니가 말한다.

나도 고개를 끄덕이며 말한다. "나도 생일파티를 열지 못했어."

"가엾어라." 수지 언니가 딱하다는 듯 말한다. "그렇지만, 있
잖아?" 수지 언니의 얼굴이 흥분으로 가득 찬다. 추측하지 않아
도 알 만하다.

"여기서는 열다섯 살 생일파티를 크게 연다고 이야기했어. 우리 부모님은 늘 로마에 가면 로마법을 따라야 한다고 했거든. 어쨌든 좋다고 하셨어! 그러니까 우리는 밤새도록 트위스트, 트위스트, 트위스트를 출 거야." 수지 언니가 처비 체커의 볼륨을 높이고 우리는 축하의 트위스트를 춘다.

수지 언니의 파티는 생일에 맞춰 2월 27일에 열기로 한다. 그날은 우리나라 독립기념일이니 완벽한 날짜다.

"넌 공짜로 불꽃놀이도 볼 수 있어." 우리 언니가 수지 언니에게 말한다.

그다음 이 주 동안은 단지 안에서 누가 결혼이라도 하는 것 같다. 워시번네는 정원사 둘을 고용해 정원을 손질한다. 단지가 공원처럼 손질이 잘된 예전 모습을 되찾기 시작한다. 나무마다 종이 초롱이 달리고, 미미 고모의 수련 연못도 깨끗이 청소해 예전에 우리가 행운을 빌며 던진 동전들이 다시 보인다. 카나스타 모임은 매일 파티 기념품을 만들고 초대장 작성을 돕는다. 파티는 다과로 시작해 춤으로 이어질 것이다. 수지 언니의 친구들을 위해 레코드플레이어로 로큰롤을 틀고, 부모님 손님들을 위해 도미니카 악단이 메렝게와 차차차를 라이브로 연주할 것이다. 수지 언니의 킨세아녜라는 영사가 주최하는 본격적인 연회가 되었다. 하지만 어쩔 수 없다고 워시번 씨는 설명한다. 엠바고에 처한 나라의 과민한 분위기에서는 감정 상하는 사람이 없도록 조심해야 한다.

우리 집에서는 루신다 언니가 맵시 있는 드레스를 하나하나 입어보고 엄마가 평을 해준다. 언니와 엄마는 목선과 어깨를 드러내는 문제를 놓고 줄곧 입씨름을 벌인다. 마침내 어깨끈 없는 연노랑 드레스로 정한다. 미인대회 여왕이었던 매력적인 고모가 결혼해서 아이를 낳은 뒤에 물려준 드레스다. 허리는 잘록하고 발레리나의 튀튀처럼 아래로 갈수록 퍼지는 크리놀린 치마다. 언니는 숄을 걸치기로 한다. 정숙해 보이기 위해서가 아니라 두드러기가 없어지지 않을 테니 목을 가리기 위해서다.

"그 숄은 절대로 벗으면 안 돼." 엄마는 입이 닳도록 말하고 언니는 너무 싫다는 듯 눈알을 굴리지만, 또래 친구가 없으니 나에게 눈을 맞춘다.

"꼬마 아가씨, 너는 말이야." 엄마가 나를 돌아본다. "이번만 특별한 경우라는 걸 알아뒀으면 좋겠다."

물론 열다섯 살도 안 된 여자아이가 밤에 남자아이들도 참석하는 파티에 가는 건 보통 일이 아니다. 하지만 이 파티는 이웃이 여는 일종의 '가족 모임'이다. 샘에 대한 내 감정을 말하지 않아서 다행이다. 말했으면 엄마는 나를 집에 있게 했을 것이고,

나는 엘비스 프레슬리가 "넌 여자를 밝히는 녀석일 뿐이야"라고 울부짖는 소리나 메렝게 악단이 연주하는 〈콤파드레 페드로 후안〉과 〈어젯밤 당신 꿈을 꾸었어요〉를 들으며 잠들려고 애써야 했을 것이다.

(샘과 춤을 추지 못하면 나는 죽어버릴 거다!)


토니 삼촌이 돌아왔다. 매일 밤 토니 삼촌을 만나러 손님들이 들른다. 토니 삼촌과 손님들은 우리 파티오에 앉아 몇 시간씩 이야기를 한다. 때로는 더 은밀한 장소를 찾아 카시타로 간다. 워시번 씨도 자주 끼어 있다.

아빠와 토니 삼촌은 대개 워시번 씨와 영어로 이야기한다. 둘 다 미국에서 대학을 다녔다. 아빠는 예일 대학에 다녔는데, 가엾게도 엄마는 그 학교를 늘 '제일'이라고 발음한다. 워시번 부인을 처음 만났을 때 엄마는 남편이 '제일'*에 있었다고 자랑했다. 영사 부인은 어색한 미소를 지으며 "어머 세상에, 정말 안됐어요"라고 말했고, 엄마는 예일 대학을 미국에서 가장 좋은 가문의 자제들이 교육받는 학교로 알고 있었기 때문에 무척 당황했다.

---

\* jail. '감옥'이라는 뜻.

토니 삼촌은 늘 우리와 함께 식사를 하지만 많이 먹지 않는다. 가끔 지난 몇 달 동안 무슨 일이 있었는지 이야기한다. SIM이 친구들과의 모임을 덮쳤을 때 가까스로 도망쳤지만, 집으로 돌아오면 가족이 위험에 빠질까봐 자취를 감추기로 하고 하룻밤에 두어 시간 이상을 자지 못하며 은신처를 옮겨다녔다. 토니 삼촌은 아직도 늘 신경이 날카로워서 문이 쾅 닫히거나 로레나가 은그릇을 바닥에 떨어뜨릴 때마다 펄쩍 뛴다. 매사에 주의를 기울이다보니 언니의 두드러기와 오빠의 물어뜯은 손톱도 한눈에 알아본다. 우나 베르구엔사, 삼촌은 늘 이를 악물고 말한다. 이 고통받는 나라에서 아이들이 아이들일 수 없게 된 것은 부끄러운 일이라고.

아빠는 고개를 조금씩 끄덕인다. 자동차 뒤창문에 놓은 목에 스프링 장치가 된 강아지 인형 같다.

"민주주의." 아빠가 입을 연다. "하지만 민주주의는 시작일 뿐이야. 교육이 열쇠지."

엄마는 눈짓으로 두 남자를 조용히 시킨다. 비밀리에 SIM에 고용된 사람이 엿들을 수 있으니 조심해야 한다. 로레나는 최근에 아빠 서재에서 책상 서랍을 '청소'하다 들켰다.

아빠와 토니 삼촌은 정말 용감하다. 나도 천국의 목소리를 들은 용감한 소녀 잔 다르크처럼 되고 싶다. 그러나 불행히도 나는

성녀 잔 다르크와 달리 고통받는 우리나라를 돕기 위해 내가 할
일을 일러주는 목소리를 듣지 못했다.


"옆집에서 큰 잔치가 벌어진다던데." 어느 날 밤 저녁을 먹으
며 토니 삼촌이 말한다.

"삼촌은 안 와요?" 언니는 잘생긴 삼촌이 파티를 건너뛸 것처
럼 말하자 놀란 듯하다. 삼촌은 춤도 잘 추고 아가씨들에게 인기
도 많다.

"네 삼촌은 찍소리도 내지 않는 게 좋을 것 같다."

토니 삼촌이 웃음을 터뜨리며 말한다. 눈에 띄지 않는 것이 좋
다. 게다가 토니 삼촌은 초대도 받지 않았다. 워시번 씨는 모임
을 가질 때마다 외무부에 손님 명단을 제출해야 한다. 미국 영사
가 바로 얼마 전에 정부의 사면을 받은 사람을 초대하는 것은 좋
지 않아 보일 것이다.

"나도 갈 수 있으면 좋겠구나." 토니 삼촌이 언니에게 윙크하
며 덧붙인다. "줄줄이 실연당하는 꼴을 보고 싶거든."

"아이참 삼촌, 그만하세요." 언니는 질색하는 척한다.

"정말이야." 토니 삼촌이 우긴다. "넌 무도회의 여왕이 될 거
다."

나는 언니를 흘끗 보고 너무 예뻐서 깜짝 놀란다. 검은 머리는

높이 빗어올려 하나로 묶었고, 웃으면 보조개가 생긴다. 워시번 네 텔레비전에서 본 〈미키마우스 클럽〉 쇼의 가장 나이 많은 소녀가 생각난다. 그 소녀는 "안녕, 나는 아넷이야!"라고 소리친다.

"그리고 요 세뇨리타도 바짝 뒤쫓고 있지." 토니 삼촌이 나에게 윙크하며 말한다. 삼촌은 자신이 떠나 있던 몇 달 사이에 내가 훌쩍 자랐다고 한다. 사실 나는 세뇨리타가 아니다. 아직 생리를 시작하지 않았으니까. 하지만 내 몸에 이상한 일이 일어나고 있다. 가슴이 작은 꽃봉오리처럼 부풀어 누가 부딪치면 아프다. 게다가 크리스마스 이후로 0.7센티미터나 자랐다. 아마 나는 제대로 먹지 못하는 가엾은 몬시토와 달리 영영 작은 키로 남지는 않을 것 같다.

내 마음속에서도 이상한 일이 일어나고 있다. 이제 나는 거의 100퍼센트 새뮤얼 애덤스 워시번을 사랑한다. 1퍼센트의 의심은 밸런타인데이에 일어난 일과 관계가 있다. 그러니까 일어나지 '않은' 일 말이다. 나는 샘에게서 카드를 받지 못했다. 하지만 내가 알기로 남자아이한테 카드를 받은 여자아이는 하나도 없었다.

토니 삼촌은 떠나기 전에 언니와 나를 두 팔로 끌어안는다. "우리 두 나비가 서로를 돌봐줬으면 좋겠구나." 우리 어깨를 힘주어 잡으며 조용히 말한다.

"그럴게요, 삼촌." 언니가 약속하며 삼촌에게 입을 맞춘다. 그러고는 허리를 숙이더니 내 앞머리를 걷고 나에게도 입을 맞춘다!

로레나가 쉬는 날, 영사관에서 두 남자가 방문해 벌레를 찾아 집 구석구석을 수색한다. 곤충 얘기가 아니다. SIM은 집 안에 조그만 장치들을 숨겨서 우리가 하는 이야기를 엿듣길 좋아한다. SIM이 우리 집에 쳐들어왔을 때 뭔가 설치했을 수도 있고…… 그 뒤에 누가 뭔가를 설치했을 수도 있다.

"누구?" 나는 언니에게 묻는다. 언니는 영어로 한 자 한 자 로레나의 이름을 말한다!

그날 오후 파티오에서 엄마가 카나스타 모임을 하며 이야기하는 소리를 엿듣는다.

"다행히 집은 깨끗해요!"

"그 여자애는요?" 누가 묻는다.

엄마는 추천서를 확인하지 않고 가사학교를 최근에 졸업한 학생을 고용했다. 추차를 도울 가정부를 구하는 일이 급했기 때문이다.

"그애는 가사학교 졸업장을 보여주었어요."

"모르세요?" 만시니 부인이 어깨 너머를 돌아보며 속삭인다.

문간에 서 있던 나는 아슬아슬하게 물러선다. "그 학교는 SIM의 위장사업일 뿐이에요. 가난한 여자아이들을 스파이로 훈련시켜 가족 안에 침투시킨다고요!"

별안간 등 뒤에서 발소리가 들린다. 나는 펄쩍 뛴다. 다행히 추차다! 추차는 몸을 숙여 즐겨 쓰는 격언 하나를 속삭인다. "카마론 케 세 두에르메, 세 로 예바 라 코리엔테." 잠든 새우는 물살에 떠내려간다.

스파이 노릇을 하려면 다른 스파이를 조심하는 편이 좋다. 추차 같은 스파이 말이다!


파티가 열리는 밤, 차들이 진입로를 드나드는 소리가 들린다. 이웃집 마당에서 사람들 목소리가 들려오고, 이따금 독립기념일을 기념해 도시 곳곳에서 터지는 폭죽 소리가 섞인다. 일찍 온 손님들이 도착하기 시작한다.

언니는 수지 언니와 함께 준비하려고 드레스를 워시번네로 가져갔다. 엄마는 부엌에서 시간을 끌고 있다. 추차와 로레나랑 워시번네 파티에 가져갈 파스텔리토*를 더 튀기면서.

"우리는 언제 가요?" 나는 계속 묻는다. 귀찮게 졸라댄다는

---

* 밀가루 반죽에 크림치즈와 구아버나 파인애플 등을 넣어 구운 페이스트리.

건 알지만, 다 차려입은 모습을 샘에게 보여주고 싶어 죽을 지경이다.

"침착성과 참을성만 있으면 당나귀도 야자나무에 오를 수 있다." 추차가 나를 타이른다.

"이것 좀 갖다줘요." 엄마가 파스텔리토 한 판이 다 구워지자 로레나에게 부탁한다.

"제가 갈게요." 내가 나선다.

하지만 엄마는 얼른 고개를 젓는다. "아니타, 됐어."

로레나가 히비스커스 울타리 지름길로 사라지자마자 엄마가 소리친다. "지금이에요!" 아빠와 오빠가 빠져나가 파티에서 건너온 사람들을 이끌고 토니 삼촌을 만나러 간다. 오늘밤 나는 처음 가보는 어른들의 파티 생각으로 흥분해서 엄마에게 무슨 일인지 묻지 않는다.

마침내 튀김이 다 끝난다. 엄마와 나는 재빨리 옷을 갈아입는다. 엄마는 긴 검정 드레스를 입는다. 걸을 수 있도록 한쪽이 트였다. 추차는 그 옷을 처음 봤을 때 재봉사에게 돌려보내 터진 곳을 꿰매야겠다고 말했다.

나는 언니의 연한 파란색 오건디 드레스를 입는다. 언니는 그 옷이 작아졌는데도 나한테 물려주려 하지 않는다. 엄마가 나에게 립스틱을 조금 칠해준다. 나는 헤어스프레이는 뿌리지 않겠다고 말한다. 샘이 스프레이를 뿌린 머리가 우주비행사 헬멧 같다고 했기 때문이다. 크리스마스에 신었던 언니의 헌 에나멜 하이힐은 이제 발에 맞지 않는다. 그러나 드레스와 딱 어울리는 카를라의 파란 공단 구두를 찾아냈고, 굽이 낮아 솔직히 훨씬 걷기 편하다.

우리는 옆집으로 건너간다. 로레나와 추차는 파스텔리토 쟁반을 들고, 엄마는 설탕을 입힌 아몬드 쟁반을 들었다. 카나스타 모임에서 파티 기념품으로 준비한 백조 바구니에 담을 것이다. 우리는 히비스커스 울타리 지름길이 아닌 진입로로 빙 돌아가는 먼 길로 접어든다. 엄마가 뾰족한 구두 굽과 딱 붙는 드레스 때문에 흙투성이 지름길을 걸어가기 어렵기 때문이다.

눈앞에서 검정 폴크스바겐이 줄지어 천천히 주 진입로로 올라온다. 엄마가 우뚝 선다.

"아, 디오스(맙소사), 숄을 두고 왔네."

엄마는 긴장한 목소리를 감추려 애쓰며 말한다. "추차, 로레나하고 먼저 가요. 자, 이 쟁반 받아요. 금방 따라갈게요."

"도냐, 제가 숄을 갖다드릴게요." 로레나가 나선다. "어디 있는지 알아요."

엄마와 추차가 눈길을 주고받는다. "나보고 이 쟁반들을 다 옮기라고!" 나이 든 가정부가 젊은 가정부에게 쏘아붙인다. "꾸물거리지 말고 당장 따라와. 파스텔리토가 식겠어."

추차와 로레나가 몇 발자국 떨어지자마자 엄마는 내 팔을 움켜잡고 히비스커스 울타리 뒤로 끌어당긴다. "아니타, 엄마 말 잘 들어." 엄마가 사납게 속삭인다. "토니 삼촌의 카시타로 달려가서 아빠하고 사람들한테 스미스 씨의 친구들이 왔다고 말해. 알아들었지? 스미스 씨의 친구들이야. 얼른 가!" 엄마는 나를 카시타 쪽으로 떠밀다시피 한다.

내가 듣고 싶던 잔 다르크의 목소리다! 토니 삼촌의 카시타까지 흙길을 내달린다. 스미스 씨의 친구들이 왔다. 스미스 씨의 친구들이 왔다. 나는 몇 번이고 속삭인다. 세상에 무슨 일이 있어도 잊을 리 없는데.

남자들이 내 발소리를 듣고 벌떡 일어선다. 토니 삼촌은 허리띠 밑에서 뭔가를 홱 꺼내고, 아빠는 오빠를 등 뒤로 잡아당긴다. 그러나 나를 보자마자 아빠가 외친다. "에스 미 이히타." 우리 딸이야.

"아빠." 나는 숨이 턱에 찬 채 어른들을 놀라게 했다고 야단맞기 전에 말한다. "엄마가 전하래요. 스미스 씨의 친구들이 왔다고." 내가 하는 말이 정확히 무슨 뜻인지는 모른다. 하지만 물론 수지 언니와 우리 언니가 예쁜 소녀들을 좋아하는 스미스 씨 이야기를 한 것은 기억한다.

내 말의 효과는 즉시 나타난다. 하루 종일 터지던 폭죽 중 하나가 별안간 모임 한복판에 떨어진 것 같다. 순식간에 사람들이 흩어진다. 어떤 사람들은 토니 삼촌과 단지 뒤쪽 어둠 속으로, 어떤 사람들은 아빠와 오빠를 따라 우리 집 쪽으로 달린다.

우리 파티오까지 오자 아빠가 내 팔을 놓고 한 손을 들어 모두 걸음을 늦추라고 신호한다. 아빠는 내가 처음 들어보는 긴장한 목소리로 말한다. "콘 칼마, 코모 시 나다."

침착하게, 아무 일 없는 것처럼. 우리는 불이 환하게 밝혀진 워시번네 파티오로 천천히 걸어간다. 그곳에선 파티가 한창이다. 멋있는 대사님들이 화려한 아내들과 함께 은쟁반에서 다과를 집는다. 오스카와 샘은 나비넥타이를 매고 음료수 주문 받는 일을 돕는다. 여기저기 멋진 군복을 차려입은 군인들이 하늘 멀리 번쩍이는 불꽃놀이를 쳐다본다. 우리 언니와 수지 언니와 여자친구들은 크리놀린 치마를 꽃잎처럼 펼치고 안락의자에 앉아 있다. 꽃향기에 끌리듯 젊은 남자들이 소녀들을 둘러싸고 점점 더 가까이 다가간다.

우리 엄마와 만시니 부인은 뷔페 식탁 옆을 지키고 서서 초조하게 사람들을 훑어보다 정원에서 들어오는 우리를 보고 안심한 표정이 된다. 엄마가 살짝 고개를 돌려 아빠에게 신호를 한다. 몇 달 전 단지에 쳐들어온 깡패들과 비슷한 검은 안경의 남자들이 파티오의 그늘진 가장자리 여기저기에 숨어 있다.

SIM이 여기에서 뭘 하는 걸까? 혹시 고위급 군인과 대사를 보호하라는 명령을 받았나? 오스카에게 아는 것이 있는지 물어보려는 참에 고함 소리가 들린다. "아텐시온(주목)!"

파티가 잠잠해진다. 신이 우리 사이로 내려오는 것처럼 사람들이 갈라선다. 어떤 노인이 가슴에 번쩍이는 훈장을 주렁주렁 달고 얼굴은 화장으로 하얗게 떡칠을 하고 파티오로 걸어온다.

"케 비바 엘 헤페!" 한 여자가 소리친다.

"지도자 만세." 여러 사람이 일제히 따라 한다. 펑, 펑, 펑, 불꽃이 터지며 하늘을 밝힌다. 잠시 밤이 낮으로 변할 때 스미스 씨가 반점으로 덮인 작은 손을 들어 지루한 듯 우리에게 흔들어 보인다.

# 6
## 가정교사 작전

엄마와 아빠는 파티가 끝나고 우리 집으로 건너갈 때까지 충격에서 벗어나지 못한다.

"믿을 수 없어요!" 엄마가 말한다.

"그자가 올 줄은 아무도 몰랐지." 아빠도 고개를 끄덕인다. "워시번도 마지막 순간에 전화를 받았어요. 엘 헤페가 들러서 어린 숙녀를 축하해주고 싶다고 했다더군. 생각해봐요! 어떻게 거절할 수 있겠소? 워시번 말로는 우리한테 흩어지라고 해야겠다는 생각을 하기도 전에 SIM이 문 앞에 와 있었다더군. 여기 우리 작은 전령이 없었다면……" 아빠가 한 손을 내밀자 나는 그 손을 잡는다.

나는 아주 자랑스럽고 용감해진 기분이다. 비록 오늘 저녁은 실망이었지만. 나는 샘과 춤출 기회가 없었다. 누가 나를 덮치기라도 할 것처럼 엄마가 나를 옆에 꼭 붙들어두었다.

"우리가 경솔했어요!" 엄마는 우리 집을 향해 진입로를 올라가며 말을 잇는다. 토니 삼촌과 끝없이 이어지는 손님들은 어딘가 다른 곳으로 가야 한다고. "그 사람들 때문에 우리 아이들 목숨이 위험해졌어요."

"그 친구들이 어디로 갈 수 있겠소?" 아빠가 되받아친다. "지금은 여기가 토니에게 가장 안전한 장소요. 우리 모두에게도 그렇고."

그때 우리 뒤에서 빈 쟁반을 한 아름 들고 따라오던 로레나가 철그렁 소리를 낸다. 엄마는 늘 로레나가 가사학교에서 소리를 내지 않는 법만은 끝까지 익히지 못한 모양이라고 말한다.

"저애를 내보낼 방법을 찾아야 해요." 엄마가 아빠에게 속삭인다. 쉽지 않을 것이다. 로레나의 미움을 사서는 안 된다. 분풀이로 SIM에 얼마든지 이상한 일을 보고할 수 있으니까. 사실 엄마는 로레나가 우리 가족을 좋아하도록 보너스와 특별휴가와 안 입는 옷까지 뇌물로 주었다. 로레나를 내보낼 방법은 하나뿐이다. 추차의 도움을 얻어 겁을 주는 것. 로레나가 미신을 굳게 믿고 신경이 예민하다는 것은 모르는 사람이 없다. 로레나는 금요일에 머리를 감거나 손톱을 깎지 않는다. 피를 보는 것을 참지 못한다. 절대로 얼굴을 위로 하고 자지 않는다. 악마가 영혼을 가져간다고 믿기 때문이다. 죽은 사람을 보는 것을 몹시 두려워하고 유령이 다가오는 것을 막기 위해 브래지어에 온갖 부적을 붙이고 다닌다. 말할 것도 없이 브루하(마녀)처럼 자주색 옷을 입고 관 속에서 잠을 자는 추차를 무서워한다.

저 앞에 추차가 자기 방 쪽 문간에 서서 우리가 다가오는 것을 지켜본다. 먼저 건너와서 우리가 길을 찾기 쉽게 불을 켜둔 것이다. 긴 드레스를 입고 등 뒤로 빛을 받으며 서 있는 추차를 보니, 추차가 곁에 있는 한 우리에게 아무 일도 없을 거라는 기분이 든다. 얼마 전에 추차가 꿈 이야기를 해주었다. 꿈속에서 언니가, 그다음에 오빠가, 그다음에 엄마와 내가 날개가 돋아서 하늘로 날아갔다고 했다.

"아빠는 어떻게 되었어요?" 나는 걱정이 되어 물었다.

"누구나 나비가 될 수 있는 건 아니야." 추차의 대답이었다.


수지 언니의 파티 다음 날 아침, 대통령궁 번호판을 단 검정 리무진이 우리 진입로로 올라와 우리나라 국기 색깔인 붉은색과 하얀색과 파란색 리본으로 묶은 장미꽃다발을 배달한다. 작은 카드에 이렇게 쓰여 있다.

파라 라 린다 루신다,

플로르 데 라 파트리아,

데 운 아드미라도르.


"국가의 꽃 아름다운 루신다에게, 사모하는 사람으로부터."
엄마는 병균이라도 묻은 것처럼 카드를 바닥에 팽개친다. "꼭
숄로 어깨를 덮으라고 했잖니." 엄마가 언니를 꾸짖는다. 가엾
은 엄마는 너무 절망해 누구라도 탓할 사람이 필요한 것이다.

언니는 장미를 엘 혜폐가 보냈다는 걸 알아차리자마자 울음을
터뜨린다. 언니의 목엔 전에 없이 새빨갛게 두드러기가 돋았다.
"나를 데려가지는 않을 거예요, 엄마, 그렇죠? 아 엄마, 제발 나
를 데려가게 하지 마세요." 언니는 때때로 밤중에 언니 침대 속
으로 기어 들어가는 '철부지 동생'처럼 겁에 질린 것 같다.

엄마는 머리띠가 떨어질 정도로 언니를 꼭 껴안는다. 평소에
언니는 엄마가 이렇게 뼈가 으스러지도록 껴안게 내버려두지 않
는다. 하지만 지금은 엄마 품 안으로 쓰러져버린다.

"그 작자가 우리 아가씨한테 접근하면 엄마가 잘라버릴 거
야." 엄마는 내 쪽을 흘긋 본다. "그 손을 말이야." 엄마가 맹세
한다.

"우리가 지켜줄게." 나도 끼어든다. 내 목소리는 내가 듣기에

도 조그맣고 바보 같다. 언니가 다시 울음을 터뜨린다. 나도 울고 싶다.

아침나절에 수지 언니와 워시번 부인이 들른다. 대통령궁 리무진이 우리 집 진입로로 들어오는 걸 보고 무슨 일인지 궁금했던 것이다.

"맙소사." 워시번 부인이 카드를 도로 봉투에 넣으며 말한다. "이런 지저분한 영감탱이!"

"루시, 걱정 마." 수지 언니가 친구를 위로한다. "우리 아빠가 너한테 아무 일도 일어나지 않게 해줄 거야."

나는 수지 언니의 말이 사실이길 바라며 고개를 끄덕인다.

"숄을 두르라고 했는데!" 엄마가 다시 야단친다.

"카르멘, 숄을 둘렀어도 뭐 하나 달라지지 않았을 거예요. 아름다움을 감출 수는 없으니까요. 게다가 그 영감탱이는 눈이……" 워시번 부인이 내가 있는 것을 알아차린다. 왜 모두들 재미있는 이야기가 나오려 할 때마다 내 눈치를 볼까? "눈이 엉덩이에 붙어 있잖아요."

"아휴, 엄마!" 수지 언니가 우리 언니를 힐끗 보며 말한다. 하지만 가엾은 우리 언니는 너무 겁에 질려 수지 언니와 함께 질색하는 시늉도 하지 못한다.

"샘은 어디 있어요?" 내가 묻는다. 갑자기 평소와 달리 샘이

제 누나나 엄마를 따라오지 않았다는 사실이 떠오른 것이다.

"젊은 샘 나리와 오스카 나리는 엄청난 숙취로 곯아떨어졌을 거야. 글쎄 그렇다니까요." 워시번 부인은 우리 엄마에게 고개를 끄덕이며 덧붙인다. "두 아이가 어젯밤 술독에 빠졌어요. 깡통 훈장을 단 장군 하나가 남자답게 마시는 법을 배워야 한다며 으름장을 놓았거든요. 워시번 씨는 오늘 새뮤얼 애덤스가 숙취에서 깨어나기만 하면 본때를 보여주겠다고 벼르고 있어요."

오늘 샘에게 어떻게 본때를 보여준다는 것인지 궁금하다. 미국 사람들도 아이에게 벌을 줄 때 벌받는 의자에 앉힐까? 예전 우리 부모님처럼. 우리는 모두 그 의자에 앉기에는 너무 컸다. 사실 지난 몇 달 사이에 어떠한 벌도 필요 없을 만큼 커버린 것 같다. 우리는 엄마의 간절한 표정이나, 굳은 표정으로 대꾸나 토론을 더는 허락하지 않는 아빠의 '안 돼!'만으로도 다시 규율을 지키게 된다.

전화가 울리자 모두 펄쩍 뛴다. 한 번, 두 번, 세 번. 계속 울리다 로레나가 받는다. 곧 로레나가 언니 방 앞으로 온다.

"라 세뇨리타를 찾는데요." 로레나가 문밖에서 소리친다.

"키엔 에스(누구지)?" 엄마가 되받아 소리친다.

"운 세뇨르(어떤 남자분이요)." 로레나가 대답한다. 가사학교 졸업생인 로레나는 전화 건 사람의 이름을 물어봐야 한다는 걸 안다. 물론 소개가 필요 없는 사람만 아니라면.

언니는 다시 베개에 쓰러져 흐느끼기 시작한다.

엄마가 전화를 받으려고 일어서는데, 워시번 부인이 우리를 구해준다.

"이건 내가 처리할게요." 워시번 부인은 문을 열고 로레나를 따라 복도로 나간다.

"죄송합니다." 워시번 부인의 서툰 스페인어가 들린다. "전화 잘못 거셨습니다."


점심때 아빠가 직장에서 돌아오자 엄마는 오전에 있었던 일을 이야기한다. 아빠는 너무 속이 상해 점심식사로 아빠가 좋아하는 산코초*와 파티에서 남은 파스텔리토가 나왔는데도 먹지 않는다. 아빠는 토니 삼촌과 단지 뒤쪽으로 갔다 조금 뒤에 워시번 씨와 의논하러 옆집으로 건너간다.

그동안 전화가 계속 울린다. 엄마는 전화를 받지 말라고 했다. 로레나가 끼어들 걱정은 없다. 로레나에게 남은 하루 휴가를 주었으니까. "내가 너무 부려먹었으니 쉬어야 해요." 엄마는 젊은 가정부의 호주머니에 보너스를 찔러주며 문밖으로 밀어내다시

---

* 야채와 고기를 넣어 끓인 수프로, 스페인과 중남미 지역의 전통요리.

피 했다.

아빠가 워시번네에서 영사가 생각해낸 계획을 가지고 돌아온다. '가정교사 작전'이라는 계획이다. 콜롬비아에 부임할 예정인 워싱턴의 친구들이 아이들에게 스페인어를 가르쳐줄 사람을 찾고 있다. 언니를 보내면 어떨까?

엄마는 듣지 않으려 한다. "내 딸을 남의 집 가정교사로 보낼 수는 없어요."

아빠의 대꾸에는 반박의 여지가 없다. "그럼 그애가 스미스 씨의 어린 케리다(애인)가 되는 편이 낫겠소?"

엄마는 아무 말도 하지 못한다. 그것으로 결정되었다. 워시번 씨가 친구를 돕는다는 구실로 언니를 미국에 보내기 위해 외무부에 특별 비자를 신청할 것이다.

하지만 토니 삼촌은 그 계획이 성공할 것 같지 않은 모양이다. 외무부에서 일개 영사를 만족시키자고 스미스 씨를 실망시킬 리 없다는 얘기다.

"지금 스미스를 무너뜨려야 한다니까!" 토니 삼촌이 힘주어 말한다. 파티오를 왔다갔다하면서 담배를 끝까지 피우지도 않고 자꾸 새 담배에 불을 붙이며 꽁초를 가까운 생강풀 덤불에 휙 던진다.

"왕이 죽어야 해." 아빠도 동의한다.

나는 입이 딱 벌어진다. 아빠와 삼촌이 엘 헤페 암살에 대해 이야기하고 있다! 지금 엿들은 이야기는 생각만 해도 무섭다. SIM이 사람들의 마음을 읽을 수 있다면 어떻게 하지?

"서두르지 마요." 엄마가 주의를 준다. "엘 헤페는 문제가 많지만 어리석지는 않아요. 영사의 요청을 거절하지 않을 거예요. 생각해봐요. 그 사람은 미국을 다시 자기편으로 만들어 엠바고가 풀리기를 진심으로 바라잖아요."

"두고 봐야지." 아빠는 엄마가 하는 말을 애써 믿고 싶어하는 눈치다.

나는 그날 하루가 다 가도록 무엇에도 집중하지 못한다. 아빠가 늘 잘못이라고 가르치던 일을 스스로 할 생각이라니 믿을 수 없다! 혹시 왕이 죽어야 한다는 말은 브라운 선생님이 늘 말하던 은유 같은 것일까? 실제 사실이 아니라 수사적 표현 말이다.

나는 복도에서 문던 오빠를 붙들고 어떻게 돌아가는 건지 좀 말해달라고 조른다. "아빠하고 토니 삼촌이 정말 엘 헤페를 죽일……"

오빠는 한 손으로 내 입을 탁 막고 불안한 듯 주위를 둘러본다. "그 얘기는 아무한테도 하면 안 돼!" 오빠 목소리가 너무 필사적이라 나는 울음을 터뜨린다. 오빠는 나한테 겁을 준 게 미안한지 "다 잘될 거야"라고 덧붙인다. 그 말과 추차가 꾸었다는 언니, 오빠, 엄마와 나에게 날개가 돋는 꿈만 생각하려고 무진 애를 쓴다. 추차가 아빠를 보지 못한 것은 아빠가 잘 아는 나라에 먼저 가서 우리를 데려갈 준비를 하기 때문일지 모른다.

언니 방은 온통 난장판이다. 짝을 맞춰놓은 블라우스와 스커트가 침대 위에 잔뜩 널려 있다. 언니는 비상사태에도 무엇을 입을까 걱정한다. 마침내 엄마가 워시번 부인의 도움을 받아 필요한 것만 골라 실용적인 작은 가방을 싼다.

나는 사촌들이 떠난 11월의 그날처럼 멍하니 지켜본다. 넉 달도 되지 않았는데 아주 오래전 일 같다. 그때는 열한 살이었는데 지금은 확 늙어버린 듯하다. 적어도 육십대인 우리 할아버지 할머니만큼. 가끔 나한테 못되게 굴긴 했어도 언니를 미국으로 떠나보낸다니 생각만 해도 슬프다. 이제는 샘을 사랑한다는 생각도 위안이 되지 않는다. 하루아침에 모든 남자가(아빠와 토니 삼촌과 오빠만 빼고) 완전히 역겨워졌다. 이쪽에서는 늙은 변태가 우리 언니한테 치근거린다. 저쪽에서는 오스카와 샘이 술을 퍼마시고 토해댄다. 만일을 위해 잔 다르크가 되어 머리를 자르고 남자 옷을 입을 수 있었으면 좋겠다. 아니, 더 좋은 게 있다. 앞으로 열세 살이 되는 것이 아니라 열한 살로 돌아갈 수 있다면 얼마나 좋을까!

언니는 나에게 오늘이 함께 보내는 마지막 밤이 될 수도 있으니 언니 방에서 같이 자자고 한다. 나는 언니 머리에 헤어롤을 말아주고, 내가 만 헤어롤이 헐거워도 언니는 나무라지 않는다. 내 얼굴에 자기 여드름크림도 조금 발라준다. 나는 필요하지도 않은데. 하지만 그건 언니도 마찬가지다.

마침내 언니가 불을 끄고 곧바로 잠이 드는 듯하다. 나는 잠을 이루려고 애쓴다. 정말 애쓴다. 하지만 어둠 속에 누워 있자니 엘 헤페가 역겨운 피웅덩이 속에 누워 있고 시체 옆에 아빠와 토니 삼촌이 서 있는 환영이 보인다. 속이 메슥거린다. 그때 흐느끼는 소리가 들린다. 처음에는 내가 내는 소리인 줄 알았지만, 언니가 우는 소리다.

나는 손을 뻗어 언니의 어깨를 어루만진다. 언니를 위로하려니 기분이 이상하다. 게다가 언니는 토니 삼촌에게 나를 돌보겠다고 약속까지 했는데!

"네가 알아줬으면 좋겠어." 언니가 흐느끼며 말한다. "내가…… 내가…… 지금까지 못되게 군 게 있으면 미안해."

더는 못 참겠다. 나도 엉엉 울어버린다. 언니가 돌아누워 나를 부둥켜안고, 둘 다 눈물이 마르도록 운다.

"우리 내일 끔찍해 보이겠다." 언니가 울다 웃으며 말한다. 나야 아무 상관 없다. 나를 볼 사람은 아무도 없으니까. 미국에서 만나는 사람들에게 좋은 인상을 줘야 하는 것은 언니다.

우리는 어둠 속에서 이야기를 나눈다. 언니는 좋아하는 남자아이들 이야기와 지금까지 몇 번이나 키스했는지도 모두 이야기해준다. 첫 키스를 했을 때 그 파란 오건디 드레스를 입고 있었기 때문에 옷이 작아진 뒤에도 나에게 주지 않은 것이다. 언니가 심술을 부린 게 아니라 추억 때문이었다는 걸 알게 되어 기쁘다. 이제 겨우 가까워졌는데 언니를 잃게 되다니 몹시 슬프다. 마침내 둘 다 잠이 든다.

이튿날 아침 침대에서 뒤척이는데 잠옷과 다리가 척척한 느낌이 든다. 아, 안 돼! 침대에 오줌을 쌌나봐! 이제야 언니가 나를 자기 또래로 대해주었는데. 이불을 들추자 숨이 막힌다. 잠옷과 침대가 피투성이다!

가장 먼저 든 생각은 내가 칼에 찔렸다는 것이다. 하지만 아픈 데가 없는데 어떻게 그럴 수 있지? 언니에게 무서운 일이 일어난 걸까? 스미스 씨의 전화를 받지 않은 벌로 한밤중에 SIM이 몰래 들어와 언니를 찌른 걸까?

"언니." 나는 언니를 흔들어 깨운다. "피가 있어……"

"도로 자." 언니가 피곤한 듯 말한다. 하지만 뒤늦게 내 말이 머리에 들어갔는지 갑자기 눈을 번쩍 뜨고 벌떡 일어난다. "어디?"

내가 이불을 들추자 언니는 미심쩍은 표정으로 내려다본다. 알겠다는 미소가 입술에 퍼진다. "축하해." 언니는 몸을 숙여 내게 입을 맞춘다. "우리 철부지 동생이 세뇨리타가 됐네."

나는 세뇨리타가 된 기분이 들지 않는다. 오히려 축축한 기저귀를 한 아기가 된 기분이다. 게다가 엘 헤페가 세뇨리타에게 무슨 짓을 하는지 아니까 세뇨리타가 되고 싶지도 않다.

"몸부터 닦자." 언니가 침대에서 나와 서랍에서 뭔가를 찾는다. 벨트를 꺼내더니 생리대와 함께 차는 법을 보여준다.

"제발 엄마한테 말하지 마." 나는 부탁한다. 엄마는 아빠에게 말할 텐데, 지금 이 순간 가장 싫은 일이 내가 생리를 시작했다는 걸 남자가 아는 거다.

"이불은 어떻게 하고?" 언니는 고갯짓으로 침대를 가리키며 묻는다.

비밀을 지켜줄 사람을 한 명 안다. 나는 옷을 입자마자 하얀 홑이불 뭉치를 팔에 끼고 생리대의 느낌을 무시하려 애쓰며 조심조심 복도를 지나간다. 여자들은 어떻게 다리 사이에 이런 괴상한 것을 붙이고 걷는 데 익숙해질까?

아빠 서재를 지날 때 어른들 목소리가 들린다. 아빠와 엄마가 워시번 씨와 의논을 하고 있다. 영사님이 오늘 아침 일어나자마자 무슨 소식을 가지고 달려온 모양이다. 부엌과 식품저장실에는 아무도 없다. 로레나는 어젯밤 휴가에서 돌아오지 않았다. 뒷문으로 나가 본채와 고용인 숙소 사이의 샛길로 가니 추차가 침구를 햇볕에 말리려고 빨랫줄에 널고 있다. 추차는 내 팔 밑의 이불 뭉치를 흘긋 보고 무슨 일인지 정확히 맞힌다.

"때가 됐지." 추차가 한마디 한다. 그러고는 홑이불을 펼쳐 핏자국을 훑어보며 덧붙인다. "이거면 되겠어."

"뭐가 돼요?" 내가 묻는다. 추차는 엄마에게 우리가 태어날 때마다 탯줄을 챙겨 뒷마당에 묻으라고 했다. 여자아이의 첫 생리혈로도 뭔가를 하는 걸까?

"미 세크레토, 투 실렌시오." 추차는 평소처럼 대꾸한다.

나는 추차의 비밀을 말하지 않겠다고 약속하고, 처음으로 그 보답을 해달라고 부탁한다. "추차, 엄마한테 말하지 말아줘요, 제발."

추차는 잠시 나를 살펴보더니 사생활을 지키고 싶어하는 마음을 이해한다는 듯 고개를 끄덕인다. "다 잘될 거야." 추차가 전날 밤 오빠와 똑같은 말을 하며 약속한다. "워시번 씨가 벌써 좋은 소식을 가지고 왔어. 네 언니는 오늘 떠나. 라 아미가(친구) 수지도 같이."

언니는 무사할 거라는 말을 들으니 마음이 놓인다. 언니가 떠나야 한다는 뜻인데도. 목숨을 구하기 위해 큰 부분을 도려내야 하는 수술과 같다.

"너도 날아갈 거야, 곧 언젠가." 추차가 일러준다. "하지만 지금은 다른 사람을 집에서 내보내야 해." 추차는 어깨 너머로 로레나의 방이 있는 건물을 돌아본다. "따라와."

추차는 앞장서서 자기 방으로 간다. 창문에 자주색 천이 걸려 있고 방 안에서 향긋한 약초 향이 난다. 깜박이는 봉헌 초가 놓인 성인 그림 앞에 멈춰 선다. 자기 눈알이 굴러다니는 작은 쟁반을 들지 않았으니 산타 루시아는 아니다. 머리에 왕관도 없고 등 뒤에 탑도 없으니 산타 바르바라도 아니다. 이 긴 머리 성인은 붉은 튜닉에 샌들을 신었고, 조그만 사람 얼굴을 한 역겹게 생긴 용에게 큰 검을 휘두르고 있다.

"산 미겔이시여." 추차가 읊는다. "이 집을 모든 적으로부터 보호하소서. 악한 자를 내쫓으소서. 이 집에 사는 모든 이를 안전하게 하소서. 아멘."

나는 추차와 함께 기도한다. 그리고—추차가 즐겨 말하는 바에 따르면—언제나 인간에 의해 이루어져야 하는 신의 작업이 시작된다. 둘이서 추차의 관을 밀고 당겨 좁은 문 밖으로 끌어내 일으켜 세운 뒤 방향을 돌려 옆방에 넣는다. 깨끗하게 정돈된 침대 앞에 관을 놓고 뚜껑을 연 다음 피 묻은 홑이불을 옆으로 쏟아져나오게 한다. 마치 죽은 사람이 피 묻은 염포를 남겨놓은 채

방금 기어나온 것처럼.

이 음모를 돕는 것이 부끄럽기는 하다. 그러나 우리 목숨이 위태롭다. 로레나는 입을 한번 뻥긋하는 것만으로 우리 모두를 없애버릴 수 있다. 목숨을 건지기 위해 싫은 일을 해야 하는 나라에 산다는 것은 참 불공평하다. 아빠와 토니 삼촌이 살인이 나쁘다는 걸 알면서도 스미스 씨를 암살할 계획을 세우는 것과 같다. 그러나 지도자가 나쁜 사람이라 어린 소녀들을 강간하고 죄 없는 사람을 수없이 죽이고 나비들도 무사할 수 없는 나라로 만든다면 어떻게 해야 할까? 이 모든 일을 생각만 해도 새삼스레 다시 속이 메슥거린다.

다 끝낸 뒤에 추차는 자기 방에 틀어박혀 다시 산 미겔에게 기도하기 시작한다. 나는 집 안으로 들어가다 아빠 서재에서 나와 복도를 걸어오는 워시번 씨와 마주친다. 나는 워시번 씨의 눈길을 피하려고 고개를 돌린다. 워시번 씨는 내가 생리를 시작하고 처음 마주친 남자다. 틀림없이 바지 위로 생리대를 한 표가 날 것이다.

"아니타, 좋은 소식이 있다." 워시번 씨가 말한다. "언니의 비자가 나왔단다."

눈을 들어 샘과 꼭 닮은 상냥한 푸른 눈을 보자 거부감이 서서히 사라진다. 워시번 씨는 고통받는 우리나라뿐 아니라 우리 가족을 돕기 위해 목숨을 걸었다. 이 사람도 다시 믿어도 될 좋은 남자 명단에(아빠와 오빠와 토니 삼촌과 함께) 덧붙여야겠다.

언니 방에 돌아와보니 엄마가 설명을 해주고 있다. 언니는 방문비자를 받았을 뿐이라 어쨌든 가정교사가 될 필요는 없다. 새로운 계획은 수지 언니가 워싱턴에 계신 조부모님을 만나러 가는 데 언니가 동행한다는 것이다. 일단 안전하게 우리나라를 벗어나면 그곳에 머물 방법을 워시번 씨가 찾아줄 것이다.

"그런데," 엄마가 침대를 내려다보며 묻는다. "침대가 어떻게 된 거니?"

"추차가 오늘 아침에 이불을 벗겨갔어요." 언니가 나를 건너다보며 말한다. "내가 오늘 떠나는 걸 안다고 했어요."

"에사 추차 에스 운 쿠엔토." 엄마는 빙그레 웃으며 고개를 젓는다. 추차는 특별한 사람이야.

그때 집 뒤쪽에서 비명 소리가 들린다. 언니와 엄마는 불안한 듯 마주 본다. 대체 무슨 일일까?

오래 기다릴 것도 없다. 몇 분 뒤에 추차가 문간에 나타나 로레나가 우리 집을 나가겠다며 짐을 싸는 중이라고 알려준다.

# 7
## 엎드린 경찰

복도에서 아빠가 나가야 할 시간이라는 신호로 특별한 휘파람을 분다. 아빠는 오빠와 샘과 나를 차로 학교에 데려다준다. 나는 언니 방에서 꾸물거리며, 미국에 도착하면 가방 싸기 시험이라도 봐야 하는 것처럼 작은 옷가방을 쌌다 풀었다 하는 언니를 지켜본다.

엄마가 나를 데리러 온다. "아빠가 기다리잖니."

"언니가 떠날 때까지만 있을게요." 사실은 아예 학교에 가고 싶지 않다! 울어서 눈이 새빨갛고 속이 불편하다.

하지만 엄마는 들어주지 않는다. "아니타, 되도록 모든 일이 평소처럼 보여야 해. 엄마도 워시번네하고 공항에 가지 않을 거야." 엄마가 나를 타이른다. "자, 자. 늦겠다."

나는 돌아서서 언니를 마주 보고, 우리는 흐느끼며 서로 부둥
켜안는다. 마침내 언니가 용감해지려 애쓰며 몸을 뗀다.

"잊지 마." 언니가 말한다.

나는 고개를 끄덕인다. 솔직히 뭘 잊지 말아야 하는지 기억도
나지 않지만.


오늘은 모든 것이 불안하다. 우리 집에서 얼마 못 가 경찰이
어떤 차를 세우고, 차 안에서 손을 든 사람들이 줄줄이 내린다.
아빠가 이를 악문다. 나는 목에 건 십자가를 입에 넣는다. 특별
한 행운이 필요할 때 나오는 버릇이다.

아빠는 시내 곳곳에 생겨나는 과속방지턱 때문에 자주 속도
를 늦춘다. 다들 그것을 '엎드린 경찰'이라 부르는데, 그 말을
들으면 꼭 길 밑에 죽은 경찰이 묻혀 있는 것 같다. 온갖 말도 안
되는 일이 일어나니 내 상상도 미쳐 날뛴다.

내가 한 행동이나 말 때문에 우리가 목숨을 잃을 수도 있다는
게 가장 두렵다. 베개 밑에 일기장을 숨겨두고 매일 밤 지웠다는
것을 로레나가 SIM에게 말하면 어떻게 될까? 분명 수상하게 들
릴 것이다. 제발 제발 제발. 나는 입속의 작은 십자가에 기도한다.

오빠를 내려주려고 고등학교 앞에 차를 세운다. 오빠는 내 마
음이 얼마나 아픈지 아는 듯하다. 앞좌석에서 몸을 돌려 어릴 때

처럼 내 머리를 헝클어놓는다.

"나중에 우리 드라이브 나갈까?" 오빠가 말한다. 오빠는 단지 안 진입로에서 토니 삼촌의 핫로드*를 몰아도 된다는 허락을 받았다.

오빠가 잘해주니까 울고 싶어진다. 엉엉 울어버릴까봐 입을 열지 못한다.

"아니타가 싫다면 내가 같이 갈게." 샘이 소리 높여 말한다. 학교 가는 내내 샘은 두목 행세하는 누나가 떠나니 진짜 신난다고 떠들어댔다. 샘의 기분이 나와 그토록 다르다는 것이 더욱 슬프다. 하지만 생각해보면 늘 그랬다.


"여러분, 매우 슬픈 소식이 있어요." 브라운 선생님이 수업시간에 가장 먼저 꺼낸 말이다. 나는 이미 멍한 상태라 더는 슬픔이 느껴지지 않을 것 같다. 그러나 미국인 학교가 임시로 문을 닫는다는 말을 들으니, 추차 말마따나 당나귀 등을 부러뜨리는 마지막 지푸라기 같다. 학교에 대해 불평은 하지만, 내 생활에서 마지막 남은 정상적인 부분이 멈추는 것은 정말 싫다. 나는 책상에 엎드린다.

---

* 속도를 내기 위해 개조한 자동차.

"아니타, 몸이 안 좋니?" 브라운 선생님이 어느새 내 옆에 와 있다. "대답을 해야지? 그래야 선생님이 어떻게든 해주지." 달래는 듯한 상냥한 목소리다. 선생님은 내 옆에 쪼그리고 앉는다.

고개를 들 기운도 없어 이렇게만 말한다. "괜찮아요."

"보건실에 가보는 게 좋겠구나." 선생님이 내 손을 잡으며 말한다.

나는 마다하지 않는다. 일어나서 선생님과 함께 걷는다. 교실 앞을 가로지르는데, 찰리 프라이스가 샘을 보며 공중에 손가락을 빙빙 돌리고 샘은 맞다는 듯 씩 웃는다.

비명을 지르고 싶다. '난 미치지 않았어!' 그러나 비명을 삼킨다. 갑자기 내 안이 아주 고요해진다.


보건선생님이 엄마에게 전화를 걸어서 엄마가 토니 삼촌의 핫로드를 몰고 학교에 온다. 다른 차는 아빠가 가져갔다. 엄마는 머리에 스카프를 두르고 영화배우처럼 선글라스를 써서 매력적으로 보인다. 선글라스를 벗자 엄마 눈도 붉다. 언니가 공항으로 떠난 뒤에 운 것이다.

"아모르시토, 무슨 일이니?" 엄마가 묻는다.

엄마에게 사실대로 말하고 싶다. 생리를 시작했고, 벌써 언니가 그립고, 우리의 자유를 위해 아빠가 누군가를 죽여야 한다는 것이 얼마나 끔찍한지. 하지만 그 모든 말이 머릿속에서 빠져나간 듯하다. 마침내 한마디가 생각난다.

"나다." 내가 말한다.

"아무것도 아니라고? 확실해?" 엄마가 내 얼굴을 살펴보더니 보건선생님에게 말한다. "핼쑥해 보여요. 집에 데려가서 눕히는 게 좋겠어요."

차에 타자마자 엄마가 나를 돌아본다. 겁에 질린 표정이다. "언니 이야기는 아무한테도 하지 않았지, 응?"

나는 고개를 젓는다. 엄마는 내가 아무한테도, 아무 말도 하지 않는 것이 보이지 않는 걸까?

그날은 내내 누워서 보낸다. 마시면 가슴이 두근거리고 아픈 배가 낫는 이에르바부에나 잎차를 추차가 끓여준다. 나중에 오빠가 들여다본다. 고등학교도 문을 닫는다고 한다. 내일 내가 나으면 함께 차를 타고 단지를 돌아다니자고 말하면서 오빠는 계속 손톱을 물어뜯는다. 오빠 기분이 어떤지 안다. 다만 나는 손톱을 물어뜯거나 언니처럼 두드러기가 돋는 대신 말을 잊어가는 것 같다.

무슨 말을 하려고 하면 갑자기 낱말이 생각나지 않는다. '사면'이나 '공산주의'처럼 중요하거나 어려운 말도 아니다. '소금'이나 '버터'나 '하늘'이나 '별'처럼 쉬운 말을 잊는다. 그래서 더욱 무섭다.

혹시 찰리 말대로 내가 미쳐가는 걸까?

**제발 제발 제발.** 나는 기도한다. 목에 건 십자가를 너무 자주 입에 넣어서 작은 그리스도의 얼굴이 닳기 시작했다.

아빠는 집에 오자마자 내 방으로 와서 침대 가장자리에 앉는다. 엄마와 달리 이것저것 묻지 않는다. 상냥하게 웃으며 내 머리카락을 쓰다듬는다. 아빠의 눈은 세상에서 가장 슬프다.

"언젠가…… 앞으로 멀지 않은 때에……" 아빠가 잠들기 전에 옛날이야기를 들려주듯 말을 꺼낸다. "너는 이 모든 일을 돌아보며 네가 정말 강하고 용감했다고 생각할 거다."

나는 고개를 젓는다. 나는 그렇게 강하거나 용감하지 않아요, 라고 말하고 싶다.

"아니, 맞아. 아빠는 네가 그렇다는 걸 알아." 아빠는 내 생각을 읽고는 우긴다. 아빠가 내 턱을 잡아 살짝 들자 아빠와 눈이 마주친다. 아빠가 나에게 최면을 거는 기분이다.

"나는 무슨 일이 있어도 우리 아이들이 자유롭기를 바란다. 네 날개를 펴고 날겠다고 약속해라."

아빠, 대체 무슨 얘기를 하는 거예요? 아빠에게 묻고 싶다. 아빠가 추차처럼 말하니까 오싹하다! 그러나 머릿속에서 말을 끄집어내 입으로 내보낼 수가 없다.

엄마가 문으로 머리를 내민다. "좀 어떻대요?" 엄마는 내가 방에 없는 것처럼 아빠에게 묻는다. 침대로 다가와 손등을 내 이마에 댄다. "요즘 유행하는 항아리손님일지도 몰라요."

아빠는 고개를 젓는다. "항아리손님이 아니오." 나는 아직 약속할 준비가 되어 있지 않은데, 아빠는 다시 나를 돌아보고 내 약속을 기다린다.


이제는 매일 밤 우리 집 뒤쪽 파티오에서 남자들이 모인다. 아주 조심스러워져서 늘 암호를 쓰지만 한 가지 작은 것을 놓쳤다. 파티오는 집 둘레를 빙 돌아 조용하고 후미진 곳으로 이어지는데, 남자들은 주로 그곳에 앉아 이야기한다. 그 후미진 곳이 내 방 창문 바로 옆이다. 매일 밤 침대에 누우면 소리 죽인 목소리들이 들린다. 정작 내 목소리는 사라져가는데.

토니 삼촌은 항상 있고, 아빠도 있고, 때때로 워시번 씨가 윔피를 데려온다. 만시니 씨는 오지 않는다. 모임에 문제가 생길 경우 만시니 씨가 은신처를 제공하기로 했기 때문이다. 무슨 뜻인지는 모르겠다. 다만 그래서 미국인 학교가 공식적으로 문을 닫자 샘과 오빠와 내가 만시니네 집에 가서 수업을 듣게 된 것 같다. 엄마와 워시번 부인과 만시니 부인은—사실 카나스타 모임 전체가 — 겨우 독재정부 때문에 아이들을 우둔한 브루토(명 청이)로 자라게 내버려두지 않을 생각이다. 여러 학년에서 통틀어 열두 명 정도 모인 듯한데, 이렇게 마구잡이로 모여 덧셈과 대수를, 〈시엘리토 린도〉*와 〈반짝반짝 작은 별〉을 배운다.

오빠와 나는 늘 샘과 함께 영사관 차를 탄다. 엎드린 경찰을 지나자마자 있는 초소에서 영사관 차는 잘 세우지 않기 때문이다. 지금은 갖가지 검문소와 통행금지가 생겼다. 어느 날은 차를 타고 학교에 가는데, 길거리와 차 안의 사람들이 모두 검은 옷을 입었다. 샘이 오빠에게 묻자 오빠는 사람들이 무언의 항의를 하는 거라고 대답한다. 때때로 커져가는 내 침묵이 그런 무언의 항의라는 생각이 든다.

점점 더 많은 사람이 체포된다. 어느 날 밤, 주인이 동조자인 어떤 약국에서 SIM에 잡히면 먹을 알약을 팔 거라고 이야기하는 걸 듣는다. 그 약을 먹으면 곧바로 목숨이 끊어진다. 그러면 고문을 받거나 다른 반체제 인물의 이름을 불지 않을 수 있다. 나는 추차의 빨래를 도울 때마다 아빠와 토니 삼촌의 호주머니를 모두 확인한다. 호주머니에 약을 넣어두고 잊었을지도 모르니까. 그 약을 모두 변기에 쏟아버리고 물을 내릴 생각이다. 내

---

* 멕시코 민요. '아름다운 하늘'이라는 뜻.

것으로 한 알만 남겨놓고. SIM이 나를 끌고 가면 입에 그 약과 함께 내 십자가를 넣을 것이다. 살해당하지 않기 위해 자살하는 것은 하느님도 용서해주지 않을까?

잔 다르크처럼 용감하고 강해지려 노력한다는 것은 바로 이런 거다!


"야 에스토 노 세 푸에데 소포르타!" 토니 삼촌이 말한다. 이런 일은 막아야 해. 남자들은 몇 주째 '소풍 준비물'이라 부르는 것이 배달되기를 기다린다. 오늘밤도 여느 밤과 다를 것이 없고, 남자들의 목소리만 더욱 절망적으로 들린다.

"미국인들이 우리를 가지고 노는 거야. 형은 그걸 알아차리지 못하고 있어." 토니 삼촌이 말을 잇는다. 아빠에게 하는 말이다. 아빠는 워시번이 언니를 도와줬으니 자신은 에세 카바예로(그 신사)에게 목숨이라도 맡길 수 있다고 말한다.

"워시번 말고 워싱턴에서 늑장을 부리는 그 나라 사람들 얘기요." 또다른 목소리가 하는 말에는 아빠도 반박하지 않는다.

"엘 포브레 워시번." 가엾은 워시번. "워시번은 떠나게 되었습니다."

그렇다면 워시번 가족은 수지 언니가 있는 워싱턴으로 가는 것이다! 우리 언니는 지금 할아버지 할머니와 사촌들과 함께 뉴욕에 있는데, 나에게 보낸 엽서의 높은 빌딩을 보고 추차조차 할 말을 잃었다. 언니는 자기 이름을 '메릴린 테일러'라고 적는다. 언니가 좋아하는 여배우 메릴린 먼로와 엘리자베스 테일러의 이름을 딴 것이다. 언니는 비자가 만료되고도 돌아오지 않는 사람과 편지를 주고받았다간 우리가 곤란해질 수 있다는 것을 알고 있다.

방문이 빠끔히 열리고 칼날 같은 빛이 어둠을 뚫고 들어온다. 내가 잘 자는지 엄마가 확인하러 온 것이다. 평소에는 남자들이 다 돌아갈 때까지 기다리지만, 오늘은 내가 잠들기 전에 보고 싶었나보다.

"아모르시토, 자니?" 엄마가 방 안에 대고 묻는다. 물론 잠들었어도 그렇게 큰 소리로 부르면 깼을 것이다. 나는 엄마에게 들어오라는 뜻으로 원숭이 세 마리 전등을 켠다.

엄마는 침대로 와서 내 옆에 앉는다. 그 바보 같은 전등에 눈길이 닿자 쿡쿡 웃는다. 원숭이 세 마리—한 마리는 양손으로 눈을 가리고, 한 마리는 귀를 막고, 한 마리는 입을 막고—가 야자나무 아래 한 줄로 서 있고, 전구는 초록색 갓으로 덮여 있다. 가르시아 자매가 우리나라를 떠나면서 물려준 물건 가운데 하나다. 옛날에 취향 나쁜 숙모가 가르시아 자매에게 준 이 보기 싫은 전등을 카를라와 나는 늘 흉봤다. 어느 날 로레나가 청소를 하다 내 머리맡 전등을 깨뜨리자 엄마가 창고에서 이 전등을 꺼내주었다.

엄마는 원숭이를 향해 고개를 젓는다. "루신다의 전등이 좋으면 이 방으로 옮겨줄게."

나는 늘 과장되게 눈알을 굴리며 이 전등이 싫은 척했다. 하지만 사실 카를라와 함께 흥보던 원숭이 세 마리 전등이 곁에 있는 것이 상당히 위안이 된다.

"그럴래?" 엄마는 요즘 내가 말을 하지 않으면 지금처럼 애원하는 표정을 짓는다. "아, 아니타, 무슨 일인지 말해봐. 넌 너무 말랐고 슬퍼 보여. 너무 조용해서 엄마의 코토리타 같지 않아."

엄마가 내 걱정을 하며 작은 앵무새라 부르고 나를 다섯 살배기 취급하는 게 싫다. "언니가 보고 싶지? 그런데 지금…… 나쁜 소식은 아니고 그냥 달라지는 일이 하나 있어."

"워시번네가 떠나는 거죠." 목소리가 갈라져 나온다. 말을 많이 하지 않아 그런 것 같다.

"어떻게 알았니?" 엄마는 어리둥절한 표정이다. "샘도 모르는데." 계속 내 얼굴을 살피며 내 기분을 알아내려 하던 엄마의 눈에 눈물이 고인다. "혹시 우리가 너한테 너무 많은 말을 했니? 너를 너무 빨리 어른이 되게 한 거야?"

"엄마……" 나는 '울지 마세요'라는 말을 잊었다. 작은 십자가를 입에 넣는다. 그러면 때때로 하고 싶은 말이 떠오른다.

"미안하다." 이제 엄마는 흐느낀다. 손을 뻗어 나를 꼭 껴안아준다. 엘 헤페의 장미가 도착한 날 엄마가 언니를 꼭 안아주던 일이 생각난다. "엄마는 네가 어린 시절을 누렸으면 좋겠어." 엄마는 훌쩍이며 눈물을 닦는다.

엄마가 안심하도록 어차피 내 어린 시절은 끝났다고 말할까 생각한다. 벌써 생리를 시작했다고. 하지만 창밖의 목소리들이 활기를 띤다. 워시번 씨와 웜피가 온 것이다.

"안 좋은 소식입니다." 워시번 씨가 말한다. "더는 소풍 준비물을 보내주지 않을 겁니다."

"우리를 버릴 거라고 했잖아요." 토니 삼촌이 모여 있던 남자들에게 못을 박는다.

"미안합니다, 동지들." 워시번 씨가 말한다. 정말 슬프게 들린다. "제가 가지고 있는 것은 며칠 안에 우리 하역 장소로 배달하겠습니다."

"평소 그곳이요." 웜피가 확인해준다.

엄마는 원숭이 전등처럼 양손으로 입을 막는다. 지금 들은 소식에 놀란 것인지, 몇 달 동안 내가 남자들의 비밀 모임을 엿들었다는 사실을 문득 깨닫고 놀란 것인지 모르겠다. 엄마는 내 침대 위로 몸을 내밀어 블라인드를 연다.

"세뇨레스." 엄마가 소리친다. "이 방에서 다 들려요."

모여 있던 남자들이 쥐 죽은 듯 조용해진다. 아빠가 창문으로 다가와 엄마 어깨 너머로 침대에 앉아 있는 나를 본다.

"그럴 만하군." 그 말이 다였다.


파티오가 더 편하고, 가까운 아빠 서재에서 단파수신기로 '라디오 스완'을 들을 수 있는데도, 남자들은 다시 토니 삼촌의 카시타에 모인다. 라디오 스완은 우리나라를 해방시키려는 망명자들이 주요 속보를 내보내는 새로운 방송국이다. 그 방송은 불법이지만 온 나라 사람이 다 듣는다. 모임에서 엿들은 얘기로는 어디에나—심지어 군인이나 정치인이나 각료 사이에도—반체제 인물이 있으며 엘 헤페가 제거되었다는 신호만 기다리고 있다.

한번은 우리가 자유로워졌다는 이야기가 나오기를 바라며 단파수신기를 켜본다. 하지만 무엇이 볼륨인지 몰라 잠시 라디오 소리가 쾅쾅 울린다. 엄마가 뛰어 들어온다. "아니타, 뭐 하니? 당장 나와서 카드탁자 좀 같이 내놓으렴."

엄마는 내가 만시네네 집에 갔을 때만 빼고 늘 나를 옆에 붙들어두려고 한다. 집안일을 할 사람이 추차밖에 없어서 나도 자질구레한 일을 많이 떠맡았다. 카나스타 손님들이 오면 재떨이도 비우고 잔에 레모네이드도 채운다.

"애, 아니타." 어느 날 오후 워시번 부인이 나를 곁으로 부른다. 들고 있던 카드는 탁자에 엎어놓는다. "샘이 보고 싶겠지?" 워시번 씨는 6월 말까지 남아 있지만, 워시번 부인은 곧 샘을 데리고 워싱턴에 있는 수지 언니에게 가기로 결정했다. 지금은 4월인데 샘은 이번 학년 수업을 벌써 너무 많이 빼먹었다. 그리고 수지 언니는 가엾은 할아버지 할머니에게 짐이 되고 있다.

워시번 부인이 나를 두 팔로 꼭 껴안는다. "왜 놀러 오지 않니? 샘과 다투기라도 했어?" 부인은 엄마에게 윙크한다. 분명 두 분이 내 얘기를 한 것이다. "워싱턴의 우리 집에 놀러 오지 않을래?"

버릇없는 행동이라는 건 알지만, 대답할 말을 찾을 수 없다.

"언제든 우리 집에 올 거지?" 워시번 부인이 끈질기게 묻는다.

엄마의 눈이 내 마음속 깊은 곳에서 말을 캐내려 한다. 나는 스스로 끄집어내려 애쓴다. 그러나 말이 나오지 않는다. 내가 할 수 있는 일은 고개를 젓는 것뿐이다.

"아니타." 엄마가 타이른다. 아무리 내가 걱정되어도 버릇없는 행동은 참지 못한다. "초대를 거절하면 못써."

그러나 워시번 부인은 엄마에게 야단치지 말라고 손짓한다. 부인은 한번 더 나를 꼭 안아준다. 내가 이제 어린아이가 아니라는 걸 모르나? 그렇게 껴안으면 젖가슴이 아프다는 걸 모르는 걸까?

"고맙습니다, 해야지." 엄마가 시킨다.

"고맙습니다." 예의바른 거라고 배운 조그만 목소리로 따라
한다.


샘은 여전히 놀러 오지만 나를 보러 오는 건 아니다. 요즘은
오빠하고 같이 토니 삼촌의 핫로드 보닛에 매달려 엔진을 개조
하러 온다. 토니 삼촌은 오빠에게 열여섯 살이 되어 면허를 따면
그 차를 바로 주겠다고 약속했다. 차라는 것은 늘 어딘가를 수리
해야 하는데 어떻게 좋아할 수 있는지 모르겠다.

예전에 샘에게 품었던 특별한 감정은 확실히 사라졌다. 지금
은 샘이 보통 남자아이로 보인다. 머리카락은 밤새 표백제에 담
가둔 것처럼 지나치게 희고 눈은 흐릿한 푸른색이다. 샘과 오빠
는 늘 차 얘기만 한다. 추차하고 간이차고를 지나다보면 오빠와
샘이 카뷰레터며 브레이크패드, 스위치와 플러그 이야기를 하는
소리가 들린다. 나는 그 말을 혼자 되풀이해본다. 그렇게 하면
나의 옛사랑과 오빠가 좀더 이해가 될 것처럼.

이따금 오빠와 샘이 밖에서 차를 들여다보고 엄마가 친구들
과 파티오에서 카나스타를 할 때면 모든 것이 정상으로 되돌아
갈 듯하다. 갑자기 워시번 부인의 〈라이프〉 지에서 읽은 내용이

나 더 어른스러운 머리 모양 등 추차에게 할 말이 여남은 가지 떠오른다. 하지만 때맞춰 우리가 안전하지 않다는 사실을 떠올릴 만한 일이 생기고, 어느덧 나의 말은 다시 사라져버린다.

목요일 아침, 샘과 오빠와 나는 수업을 들으러 오스카네 집에 간다. 운전사가 쉬는 날이라 워시번 씨가 운전을 한다. 워시번 씨는 시내의 윔피스에 들를 일도 있다고 한다.

윔피는 요즘 워시번네에 자주 들른다. 샘이 오빠에게 하는 말을 들었는데, 사실 윔피는 미국 비밀요원이다. 그래서 워시번 씨가 우리 집에서 열리는 비밀 모임에 윔피를 데려온 것이다.

오늘은 차가 많이 막힌다. 엘 헤페의 차가 중심대로를 지날 예정인가보다. 그건 엘 헤페의 자동차 행렬이 지나갈 때까지 차들을 막아둔다는 뜻이다. 우리는 느릿느릿 조금씩 나아간다. 뒷자리에 앉은 내 옆에서 샘이 불편한 듯 이리저리 꼼지락거린다.

갑자기 앞차가 브레이크를 걸어 우리도 브레이크를 밟은 순간 뒤차가 우리를 들이받아 트렁크가 휙 열린다.

워시번 씨가 번개같이 차에서 내린다. 초소에서 사고를 본 경찰 둘이 우리 쪽으로 걸어온다. 샘은 기관총을 든 경찰들이 다가오는 것을 보고 얼굴에 핏기가 가신다. 샘이 서둘러 문을 열고 오빠와 워시번 씨가 서 있는 차 뒤쪽으로 간다. 나도 바로 따라

간다.

"괜찮습니다." 워시번 씨가 우리 차를 들이받은 운전자에게 말한다. "이해할 수 있습니다. 트라피코(교통) 사정이 나빠서." 워시번 씨는 마치 우리가 들이받은 것처럼 황급히 말하며 손으로는 열린 트렁크를 필사적으로 닫으려 애쓴다. 그러나 트렁크가 움푹하게 찌그러져 걸쇠가 걸리지 않는다.

"제가 해보겠습니다." 경찰 한 명이 기관총을 어깨에 둘러메고 소매를 걷어붙인다.

"노, 노, 포르 파보르." 워시번 씨가 고집을 부리며 손을 흔들어 트렁크 가까이 오지 못하게 한다. "노끈만 있으면 됩니다."

뒤차 운전자가 트렁크에 둔 노끈을 가져오겠다며 달려간다. 그사이 다른 경찰은 보고를 하겠다고 초소로 돌아간다.

"소매를 버린다니까요!" 워시번 씨는 남아 있는 경찰과 우그러진 트렁크를 닫아주네 마네 계속 입씨름을 한다. 그 경찰은 끈질기다. 찌그러진 부분을 봐주겠다며 앞으로 나와 뚜껑을 들어올린다.

눈앞에 드러난 것을 나는 설명할 수 없다. 기억에서 말이 빠져나간다. 사실 아무도 말을 하지 않는다. 우리는 트렁크 속을 들여다보며 한참을 서 있다. 노끈 뭉치를 들고 돌아온 운전자가 흘긋 보더니 눈이 휘둥그레진다.

충돌 때문에 사탕수수 부대로 싸둔 짐에서 총신이 비어져나왔다. 소풍 준비물이 트렁크 바닥에 쏟아졌다. 하역 장소로 총을 옮기는 중이었다. 아이들을 학교에 데려다주는 것으로 위장해서.

경찰도 틀림없이 보았다. 그러나 공포에 질린 운전자에게서 노끈을 받아 한쪽 끝을 뚜껑에 묶고 다른 한쪽 끝은 범퍼를 통과시켜 단단하게 묶기만 한다.

"수리를 하는 게 좋겠습니다." 다 끝내고 워시번 씨에게 조용히 말한다.

"토도 비엔?" 동료 경찰이 초소에서 소리친다.

"이상 없어." 경찰은 거짓말을 하며 우리에게 가던 길을 가라고 손짓한다.

차 안으로 돌아온 워시번 씨는 손이 너무 떨려 시동을 거는 데 애를 먹는다. 누가 바지에 오줌을 썼는지 지린내가 난다. 심장이 쿵쾅거린다. 나는 목걸이를 당겨 작은 십자가를 입에 넣지만 감사기도를 할 간단한 말조차 떠오르지 않는다.

# 8
## 거의 자유로워지다

"온다!" 교실로 쓰는 놀이방에서 오스카가 소리친다. 우리는 오스카의 세 여동생과 숨바꼭질을 하는 중이다. 술래인 오스카가 우리를 찾아내려고 속이는 게 아닌가 생각한다. "얼른 안 오면 못 봐!"

복도 시계를 보니 아니나 다를까, 다섯시 십오분이다. 엘 혜폐는 자기 어머니 저택에서 나와 오스카의 집과 그 옆 이탈리아대사관을 지나 바닷가 가로수 길까지 쭉 걸어간다. 주중에는 매일 저녁 똑같은 일과를 따른다. 엘 혜폐는 일정을 정말 칼같이 지켜서 일 분도 이르거나 늦는 일 없이 꼭 제시간에 할 일을 한다. 일분이라도 어긋나면 무서운 일이 닥친다는 미신을 믿는 것이다.

나는 복도를 달려가 수많은 경호원과 내각 주요 인사에게 둘러싸인 엘 헤페를 본다. 이 오후의 행렬을 처음 보았을 때 매일 밤 우리 집에 모여 엘 헤페를 없애자고 이야기하던 사람 여럿을 알아보고 깜짝 놀랐다.

오스카에게는 그런 이야기를 하지 않는다. 요즘 나는 학교에서도 말을 많이 하지 않는다. 오스카의 여동생들과 숨바꼭질을 하며 놀아줄 때 "못 찾겠다, 꾀꼬리!" 소리가 들려도 숨은 곳에서 나오지 않을 때가 많다. 하지만 오스카도 아빠처럼 나의 침묵을 이해하는 듯하고, 어쨌거나 나에게 계속 말을 건다.

"엘 헤페가 오늘은 장신구를 달지 않았어." 첫째 여동생 마리아 에우헤니아가 앞창문에 서 있는 우리 옆에 선다.

"장신구가 아니라 훈장이야." 오스카가 고쳐준다.

"그게 왜 장신구가 아니야?" 마리아 에우헤니아가 우긴다. "훈장도 금인데."

"군인이 스무 명이야." 마리아 로사가 소리 높여 말한다. 얼마 전에 숫자를 배우기 시작해서 보는 것마다 수를 센다. 마리아 로사가 가장 어린 동생이고, 세 자매 모두 이름에 마리아가 들어간다. 만시니 부인은 성모 마리아를 정말 사랑한다. 오스카조차 이름에 마리아가 들어가서 원래 오스카 M. 만시니다. 오스카는 학교에서 가운데 이름을 절대 말하지 않는다.

"왜 저렇게 군인이 많아?" 둘째 여동생 마리아 호세피나가 궁금해한다. 이제 꼬마 여자애 셋이 모두 와글와글 창문에 모였다.

"그냥." 오스카가 짧게 대답한다.

"그냥 왜?" 호기심이 집안 내력이다.

"쉿, 들리겠어!" 오스카가 주의를 준다. 꼬마 셋이 잠잠해진다. 오스카는 동생들에게 엿보다 들키면 길거리로 끌려 나가 총살을 당한다고 말해두었다.

"이상하다. 오늘은 카키색을 입었어." 오스카가 한마디 한다. 엘 헤페는 늘 하얀 제복을 입는다. 밤에 별장으로 가는 수요일만 빼고. 그때는 녹색에 가까운 카키색 옷을 입는다. 하지만 오늘은 아직 화요일이다.

"새 애인이 생겼나봐." 오스카가 추측한다. 엘 헤페는 애인을 모두 별장에 데려다둔다. 그 별장에 아내는 절대로 가지 않는다. 아마 갔다가는 분명 애인들을 죽여버릴 것이다.

나는 엘 헤페가 수지 언니의 파티에서 우리 언니를 점찍고 장미꽃을 보내 치근거린 일이 생각나 몸서리치며 얼른 창문에서 물러난다. 엘 헤페가 올려다보고 SIM을 보내 나를 잡아가면 어쩌나? "그러니까 네가 절대로 울지 않는 아이구나!" 엘 헤페는 그렇게 인사할 것이다.

노, 세뇨르. 나는 대답을 연습한다. 저는 이제 말을 하지 않는 아이입니다.

엘 헤페가 지나간 뒤 나는 잠시 창가에 서서 하늘에서 반짝이는 은빛 물체를 쳐다본다. 팬암기 매일 항공편이 미국으로 떠난다. 우리 할아버지 할머니, 삼촌, 고모와 그 가족들이 그랬듯 가르시아 자매도 저 비행기를 타고 떠났다. 다음은 우리 언니와 수지 언니. 그리고 마지막으로 며칠 전에 샘과 샘 엄마.

오스카가 내 옆으로 다가온다. 꼬마들은 목욕을 하라고 불려갔다. 놀이방에는 우리뿐이다. "아니타, 샘이 떠나서 슬퍼?"

오스카가 마음을 써줘서 고맙다. 그러나 샘과 별로 붙어다니지 않게 되었다는 말을 어떻게 해야 할지 모르겠다. 사실 우리끼리 마지막으로 본 것은 샘이 작별 인사를 하러 왔을 때였다. 샘은 미국으로 돌아가게 되어 얼마나 신나는지 끝도 없이 떠들었다. 작별 선물을 내놓았는데, 샘의 엄마가 고른 것이 분명한 조그만 자유의 여신상 문진이었다.

"고마워." 나는 가까스로 중얼거렸다. 뭔가 더 말하고 싶었다. 어쨌든 샘은 나의 첫사랑이었으니까. 우리 집으로 건너오는 샘을 보면 가슴이 두방망이질 치던 때가 있었다. 그러나 그런 감정은 완전히 꺼져버렸다. 샘은 찰리가 나를 비웃었을 때 같이 실실 웃었다. 왜 나를 감싸주지 않았을까? 용기가 없어 두둔하지 못한 것뿐일지도 모른다. 그냥 못된 것보다 용기가 없는 쪽이 더 이해하기 쉽다.

"남겨진 사람이 되는 건 무서운 일이야, 그렇지?" 오스카가 말한다.

나는 무심결에 주먹을 쥔 두 손을 내려다본다. 갑자기 오스카가 자기도 무섭다고 인정해준 것이 몹시 고맙다. 이제는 나 혼자 미쳐버릴 듯한 기분을 느끼지 않아도 된다.

"우리 아빠가 뭐라고 하는지 알아?" 오스카가 묻는다. 아주 조용한 목소리로. 꼭 우리 둘이서 비밀 장소에 있는 것처럼. "두렵지 않으면 용감해질 수 없대."

나는 그 말이 무슨 뜻인지 정확히 안다. 오스카는 확실히 브라운 선생님한테 수많은 질문을 하던 때보다 훨씬 어른스럽고 현명해 보인다. 나는 오스카에게 미소를 돌려준다.

오스카가 내 쪽으로 몸을 숙이기에 잠시 귀엣말로 비밀 이야기를 하려나보다 생각한다. 그런데 대신 오스카의 입술이 뺨에 닿는다. 첫 키스를 받기에는 이상한 순간이다!

얼마 안 있어 아빠가 우리를 데리러 온다. 빨리 나오라고 경적을 울린다. 평소에 아빠는 차에서 내려 만시니 부인의 어머니 도냐 마르고트와 이야기를 나누고, 그사이에 오빠와 오스카의 누나 마리아 데 로스 산토스는 파치시 놀이*를 마무리한다. 만시니 가족과 함께 사는 도냐 마르고트는 남자아이들이 놀러 올 때면 마리아 데 로스 산토스의 샤프롱 노릇을 한다. 아무 일 없도록 마리아 데 로스 산토스 곁을 떠나지 않고 흔들의자에 앉아 의자를 흔들기도 하고 잠깐 잠들기도 한다는 뜻이다. 막 열다섯 살이 된 우리 오빠는 한 살 많은 오스카의 누나에게 푹 빠졌다. 마리아 데 로스 산토스는 머리를 하나로 길게 땋아 등 뒤로 늘어뜨렸는데, 불안할 때마다 풀었다 다시 땋았다 한다. 적어도 손톱은 멀쩡하다.

도냐 마르고트가 발코니로 나와 아빠에게 들어오라고 손짓한다.

아빠가 마주 손을 흔든다. "노 푸에도, 도냐 마르고트. 텡고 운 콤프로미소." 들어갈 수 없다. 약속이 있어서. 또 토니 삼촌과 친구들의 저녁식사 후 모임일 것이다.

내 물건을 챙겨 달려 내려간다. 보통은 오빠보다 빨리 가서 아빠 옆자리에 앉으려고 서두른다. 하지만 오늘은 오스카에게서 달아나야 한다. 오스카가 키스한 게 싫어서가 아니다. 당황과 기쁨이 뒤범벅되어 할 말을 찾을 수 없기 때문이다.

차 안에 앉은 나는 남자아이에게 키스받은 것을 아빠가 알아

* 인도의 주사위 놀이.

144

볼까봐 걱정한다. 하지만 아빠는 딴 데 정신이 팔린 듯 라디오를 켰다 껐다 하고 몇 번 더 경적을 울린다. 마침내 오빠가 현관으로 나온다. 발코니에서 마리아 데 로스 산토스가 잘 가라며 느릿느릿 손을 흔들고, 오빠가 차에 탄다.

집으로 가는 길에 아빠는 엎드린 경찰에서 속도를 늦추는 걸 자꾸 잊는다. "아빠, 오늘밤 외출해요?"

아빠는 내 물음에 곧바로 대답하지 않는다. 이상한 일이다. 요즘 나는 말수가 굉장히 줄어서 말을 하면 사람들이 반드시 관심을 보인다.

"아빠, 네?" 나는 다시 묻는다.

아빠는 사람이라도 죽일 듯한 눈빛으로 돌아보다 내가 누구인지 깨닫고 표정을 바꿔 웃음을 짓는다. "아니다, 뭐라고 했니?"

나는 다시 말하려 하지만, 이미 머릿속에서 말이 빠져나가버렸다.

"오늘밤 외출하시냐고 물었어요." 뒷자리에서 오빠가 말해준다. 바로 지난 수요일에 우리 집에 모인 아빠와 토니 삼촌의 친구들이 흥분한 채 목소리를 낮추어 무슨 이야기를 나눴다. 그러고는 저마다 차를 타고 떠났다. 그날 밤 늦게 쉐보레 자동차가 돌아오는 소리와 문이 탁탁 닫히는 소리, 그리고 아빠와 토니 삼촌이 오빠와 엄마에게 스미스 씨가 소풍 장소에 나타나지 않았다며 무슨 설명을 하는 소리가 들렸다.

"외출하냐고? 그래, 그래. 아빠는 오늘밤 외출한다." 아빠가 건성으로 대답한다.

"오늘 카키색 옷을 입었네요." 오빠가 말한다.

아빠는 뒷거울을 보며 고개를 끄덕인다.


우리는 차를 탄 채 가족 단지 대문으로 들어가 빈 초소와 버려진 가르시아네 집을 지나간다. 며칠 전에 워시번 씨는 단지를 떠나 앞으로 어떤 불온분자와도 관계하지 말라는 새로운 명령을 받았다. 그래서 시내 영사관으로 옮겨갔고, 그곳에 머물다 6월 말에 미국으로 돌아갈 예정이다.

진입로는 비뚤배뚤 서둘러 주차한 차들로 가득 차 있다. 현관 바로 안쪽에 걸린 엘 헤페의 초상화를 누가 뒤집어놓았다. 토니 삼촌과 친구들이 거실에 모여 흥분한 목소리로 이야기를 나눈다. 엄마가 현관으로 달려나와 우리를 맞이한다. 커다랗게 뜬 눈이 겁에 질려 있다. 엄마는 아빠에게 뭐라고 속삭이고, 아빠는 차에서 오빠에게 한 것처럼 고개를 끄덕인다.

엄마는 나에게 눈길이 닿자 침착한 표정을 지으려 애쓴다. "오늘 학교는 어땠니?" 엄마가 물어본다. 하지만 내가 얼굴을 붉히는 걸 알아보지도 못하고 대답을 기다리지도 않는다. 한 남자가 자기 차에서 두 팔로 무거운 자루를 안아 들고 들어온다.

"아키 노(여기는 안 돼요)." 엄마가 쏘아붙이며 고갯짓으로 아빠 서재를 가리킨다. 그 사람이 내 앞에 장비를 내려놓는 것이 싫은 모양이다.

엄마는 내가 너무 말이 없고 야위었다고 걱정하면서 여전히 상황을 숨기려 애쓴다. 하지만 나는 벌써 몇 주째 뭔가 큰일이 일어나려 한다는 것을 느끼고 있다. 엄마가 정신이 팔려 작은 일로 수선을 피우지도 못할 만큼. 나는 그 편이 좋다.

학교에서 돌아오면 엄마가 아빠 서재에서 타자기 앞에 앉아 있곤 한다. 무엇을 치냐고 물으면 엄마는 "그냥 네 아빠를 돕는 거야"라고 말한다. 한번은 엄마가 마당에서 석탄통에 쓰레기를 넣고 태우기 직전에 잔뜩 구겨진 종이 한 장을 발견했다. 펼쳐보니 맨 위에 '전 국민에게 알림'이라고 쓰여 있었다. 내용은 스페인어로 된 독립선언문 같았는데, 국가가 현재 누려야 할 자유를 열거해놓았다. "모든 국민이 자기 의사를 표현할 자유, 자신이 선택한 후보에게 투표할 자유, 교육받을 자유……" 조지 워싱턴이 썼을 법한 무엇을 읽는 기분이었다. 하지만 손으로 쓴 게 아니라 타자기로 친 것이고, 하얀 가발을 쓴 식민지 시대 사람들이 아니라 우리 아빠와 친구들이 생각해낸 글이었다.

엄마는 오빠 걱정도 많이 한다. 오빠는 열다섯 살이니 SIM이 사람들을 체포하기 시작하면 미성년자로 취급하지 않을 것이다. 엄마는 오빠를 뉴욕의 할아버지 할머니에게 보내는 문제를 놓고 아빠와 여러 번 의논했지만, 아빠는 언니가 비자가 만료되고도 돌아오지 않았으니 허가가 나지 않을 거라고 설명했다. 게다가 비자를 신청하면 SIM이 뭔가 큰일이 벌어지려 한다는 것을 눈치챌 수도 있다.

"얘들아, 오늘은 일찍 저녁을 먹자." 엄마가 말한다. 오빠와 내가 열다섯 살과 열두 살이 아니라 아홉 살과 여섯 살인 것처럼. "저녁 먹고 방에 가 있어."

"나는 아빠와 함께 갈래요." 오빠가 진지하게 말한다. 열다섯 살이 아니라 스물한 살인 것처럼 등을 쭉 펴며.

"우스테드 에스타 로코?" 엄마가 오빠에게 묻는다. 정신 나갔어요? 우리한테 화가 나면 늘 그러듯 격식을 갖춰 '우스테드'라고 한다. "문도!" 엄마가 아빠를 부른다. 거실에 들어가 남자들과 인사를 나누던 아빠가 나오자 엄마는 오빠의 생각을 이야기한다.

아빠는 양손을 오빠의 어깨에 얹는다. "나한테 무슨 일이 생기면……" 거기까지만 말해도 오빠는 순순히 고개를 숙인다.


저녁으로 나온 스파게티를 아무도 먹지 않은 채 식사가 끝난 뒤, 엄마와 오빠와 나는 엄마 아빠 방으로 가서 라디오를 들으며 기다린다. 정부 방송인 '라디오 카리브'에서 낭송대회를 하는데, 대부분의 시가 엘 헤페에 대한 것이라 엄마가 라디오를 꺼버린다. 지난해에 카를라가 어린이 낭송대회에서 도미니카공화국 모양 지우개를 받은 일이 생각난다. 하지만 무슨 시를 낭송해서 우승했는지는 기억나지 않는다. 그것도 트루히요에 대한 시였을 것이다.

몇 분마다 엄마나 오빠가 창가로 가서 돌아온 차가 없나 확인한다. 머릿속에 수많은 질문이 있지만, 말을 찾을 수도 없고 질문을 해서 엄마를 더욱 불안하게 만들기도 싫다.

우리는 큰 침대에 앉아 워시번 부인이 떠나면서 주고 간 〈라이프〉지를 넘긴다. 잘생긴 케네디 대통령과 예쁜 아내 재키의 사진이 많은데, 재키는 피부가 더 희고 화장을 옅게 했을 뿐 미인대회 여왕인 우리 고모와 조금 닮았다. 미국에서 우주 공간으로 쏘아올린 우주비행사 사진도 있다. 우주비행사는 캡슐 안에 태어나지 않은 아기처럼 웅크리고 있다. 캡슐 옆구리에 큼직한 블록체로 '프리덤 7호'라고 쓰여 있다. 우주 공간에서 빙글빙글 돌며 지구로부터 멀리 더 멀리 날아가는 우주비행사도 지금 내가 마음속 깊이 느끼는 것만큼 외롭고 두려우리라 상상한다.

문을 두드리는 소리에 모두 펄쩍 뛴다. 추차다. 침대를 정리할까요? 엄마는 멍하니 고개를 끄덕인다.

"나랑 같이 해요." 긴장감이 감도는 이 방에서 벗어나고 싶다. 추차와 함께 오빠의 침대보를 개면서, 추차에게 우주 공간으로 날아가는 우주비행사 얘기를 해준다.

추차는 멀리 떨어져 있다가 지금 가까이 다가오는 뭔가를 보려는 듯 눈을 가늘게 뜬다. "준비해." 추차가 속삭인다.

"뭐를요?" 나는 숨을 죽이며 묻는다. 이렇게 불안할 때는 추차가 수수께끼처럼 말하지 않았으면 좋겠다!

추차는 두 팔을 쳐들고 자주색 소매가 물결치도록 위아래로 흔든다. "날아, 자유롭게 날아."

그렇다. 추차의 꿈에서 먼저 언니가, 다음에 오빠가, 그다음에 엄마와 내가 하늘로 날아갔다. 전에는 우리가 어깨에 천사의 날개를 달고 미국으로 떠나는 모습을 상상했다. 지금은 비좁은 우주선 캡슐 속에 웅크리고 어딘지 모를 곳으로 향하는 모습이 떠오른다.

그때 차들이 경적을 울리며 진입로를 올라오는 소리, 문이 쾅쾅 닫히는 소리, 집 앞에서 들뜬 채 떠드는 목소리들이 들린다. 복도에 나가보니 엄마와 오빠가 현관으로 달려가고 남자들이 총을 휘두르며 우르르 들어온다. "케 비반 라스 마리포사스! 나비들 만세!" 남자들이 인사한다. 아빠가 엄마를 안아 올려 빙그르

돈 다음 내려놓고 나에게도 똑같이 한다.

"정말이에요? 진짜 정말이에요?" 엄마는 마음 놓고 축하해도 되는지 확인하려고 계속 아빠의 얼굴을 살핀다.

아빠의 얼굴은 행복으로 달아올랐다. "정말이오, 여보. 정말 정말 정말이오. 삼십일 년 만에 자유를 되찾았소!"

토니 삼촌이 전화로 누구와 통화를 시도하다 현관으로 돌아온다. 험상궂은 표정이다. "아무도 푸포를 찾지 못했어요." 토니 삼촌이 남자들에게 알린다.

"푸포를 못 찾다니 무슨 소리야?" 아빠가 되묻는다. 그러고는 전화로 달려가 번호를 돌리기 시작한다.

**푸포가 누구예요?** 나는 묻고 싶다. 남자들의 얼굴에 일제히 떠오른 절망적인 표정을 보니 푸포가 꼭 찾아야 할 중요한 사람이라는 것을 알 수 있다.

"그 개자식이 우리를 배신했다면……" 한 남자가 욕을 하는데 다른 남자가 막으며 아빠의 말에 귀를 기울인다.

"어디 간다거나 언제 돌아온다는 말은 없었습니까?" 아빠의 목소리는 친구와 잡담이나 하려고 전화한 듯 침착하고 태평하다. 그러나 아빠는 손가락이 조이도록 한없이 전화선을 감고 있다. "아니요, 남길 말은 없습니다. 중요한 일은 아니에요. 다시 전화하죠."

전화를 끊은 아빠의 얼굴은 토니 삼촌만큼 험악하다. 아빠는 지시를 내리기 시작한다. 두어 사람은 만시네 집에 가본다. 누구는 다른 일을 하고 누구는 또다른 곳에 가서 어떤 사람에게 어떤 말을 한다. 그 모든 지시를 제대로 알아들을 수 없다. 외치고 뛰어다니는 소리 때문만이 아니라 내 가슴이 너무 요란하게 쿵 쾅대기 때문이다! 나는 가슴에 손을 얹고 가라앉히려 애쓰며 아빠를 바라본다. 아빠가 내 쪽을 보고 윙크하며 다 잘될 거라고 말해주길 바라면서. 하지만 아빠는 사람들이 흩어지기 전에 가장 중요한 건 푸포를 찾아 이곳으로 데려와 '증거'를 보여주는 것이라고 강조한다. 푸포가 누구든 그 사람이 신호를 보내야 모든 사람을 한편으로 만들 수 있나보다.

엄마 얼굴은 누가 바닥에 떨어뜨린 도자기란 같다. "푸포를 찾지 못하면 어떻게 되죠?"

아빠는 저녁 일찍 뒤집어놓은 엘 헤페의 초상화를 흘긋 본다. 사람들이 들락날락하다 스쳤는지 초상화가 저절로 다시 돌려져 있다.

"푸포를 찾지 못하면 각자 알아서 해야지." 아빠는 사람들의 얼굴을 하나하나 둘러보며 말한다. 다들 이해한 듯하다.

아빠가 침실로 가자 엄마는 눈물을 흘리며 따라간다. 나는 복도에서 아빠와 엄마가 다시 나올 때까지 기다린다. 아빠가 셔츠

호주머니를 두드리며 나오는데, 벨트 밑으로 총 손잡이가 보인다. 현관에서 아빠는 엄마에게 입을 맞추고 나에게도 입을 맞추며 눈길을 피한다. 얼마나 마음이 심란한지 보여주기 싫은 것처럼.

아빠에게 작별 인사를 하고 싶지만, 재갈을 물린 것처럼 말이 입속에 갇혀 있다. 나는 현관에 서서 떠나는 차들을 지켜본다. 여러 개의 전조등이 마구 돌아가는 탐조등처럼 사방으로 향한다. 길 건너 가르시아네 집은 캄캄하다. 지금 옆집에 우리를 도와줄 사람이 있다면! 가족들이 떠나고, 워시번네가 떠난 뒤 처음으로 우리를 버리고 간 모든 이에게 화가 난다.

별안간 엄마가 돌아서서 미친 듯이 주위를 둘러본다. "문딘은 어디 있지?" 나에게 묻는다. 마치 내가 오빠를 감시하고 있었던 것처럼. "문딘!" 엄마가 부른다. 절망적인 목소리가 빈집에 울린다. "문딘!"

추차는 차고 문을 잠그고 호스로 진입로에 물을 뿌린다. 한밤중에 물청소라니 이상한 일이다. 엄마가 부르는 소리를 듣더니 물을 잠그고 안으로 들어온다.

"문딘 어디 있어요?" 엄마가 묻는다.

"첫번째 차에 타는 걸 봤어요." 추차가 대답한다.

"아, 안 돼!" 엄마가 울부짖는다. 전화기로 달려가지만, 너무

정신이 없어 몇 번이나 번호를 잘못 누른 뒤에야 원하던 사람과
통화가 된다.

"도냐 마르고트." 엄마가 소리친다. "문딘 거기 있어요?"

엄마의 표정이 풀어지는 걸 보니 듣고 싶은 대답을 들은 모양
이다. "무슨 일이 있어도 놓치지 마세요!"

전화를 끊은 엄마는 성난 표정을 짓는다. "이 일만 끝나면 따
끔하게 벌을 줘야지."

추차가 천천히 고개를 젓는다. "아니에요, 도냐 카르멘. 그러
기에는 너무 늦었어요. 글쎄, 문딘은 이제 다 컸다고요! 둥지에
서 날아간 거예요."

나는 문밖의 어두운 진입로를 내다본다. 우리 가족은 모두 날
아가버렸다. 엄마와 추차와 나만 남았다.

# 9
## 야반도주

그날 밤 내내 아빠가 돌아오기를 기다리고 또 기다린다. 추차는 자기 방에 가서 촛불을 켜고 산 미겔에게 기도한다. 나도 기도하려고 엄마 옆에 무릎을 꿇지만, SIM이 우리 집에 들이닥치면 어떻게 달아날까 하는 생각밖에 나지 않는다. 자살할 약도 없다! 나는 아빠와 추차 말대로 날아갈 것이다. 나는 자유롭고 싶다!

가장 좋은 방법은 단지 뒤쪽으로 달려가 토니 삼촌의 카시타를 지나 뒷길을 통해 사람들이 붐비는 시장으로 가는 것이다. 영사관의 워시번 씨에게 말을 전해줄 사람을 찾을 수 있을지도 모른다. 몬시토! 엄마가 금고 안의 돈을 모두 주면 몬시토가 우리를 도와주지 않을까? 이제는 우리가 거지라고 생각하니 기분이 이상하다. 하지만 우리는 동냥을 하는 게 아니라 목숨을 잃지 않으려고 도움을 청하는 것이다.

**목숨을 잃다니!** 그 말이 심장을 옥죈다. SIM이 정말 우리를 죽일까? 말하지 않으면 나를 고문할까? 그 사람들한테만이 아니라 누구한테도 말하지 않는다는 것을 어떻게 설명할 수 있을까? 말을 잊지 않으려 애써도 잊는다는 것을?

다 잘될 거라고 말해주길 바라며 엄마를 바라본다. 하지만 엄마는 손이 너무 떨려 묵주알도 제대로 잡지 못한다. 엄마도 두려운 것이다! 오스카는 두려워해야 용감해질 수 있다고 했다. 두려움보다 한 발 앞에 서기만 하면 된다. 그것이 작은 한 걸음에 지나지 않는다면 나도 할 수 있을 것이다.

**지금 오스카는 어디 있을까?** 궁금해진다. 오스카도 깨어서 두려워하며 용감해지려 애쓰고 있을까? 나는 오스카가 키스한 자리를 어루만진다. 혁명을 위해 잔 다르크가 되었다가 다시 보통 여자아이로 돌아가 오스카와 사랑에 빠질 수 있을까?

마침내 엄마와 나는 좀 쉬기로 한다. 지금은 내 방이 엄마 방보다 안전할 것 같은지, 엄마는 내 침대로 들어와 곁에 눕는다. 푸포의 발표가 나오기를 바라며 오빠의 트랜지스터라디오를 하나뿐인 공식 방송국에 맞춘다. 그러나 성당 장엄미사 같은 오르간 음악 프로그램만 나오고, 장엄미사와 똑같은 효과를 발휘한다. 나는 어느덧 잠이 든다.

얼마 뒤에 사이렌 소리에 잠이 깬다. "아무것도 아니야." 엄마가 달래주지만 내 등을 쓰다듬는 엄마 손은 얼음장같이 차갑다.

나는 어둠 속에서 몸을 돌려 엄마의 얼굴이 있으리라 생각되는 쪽을 바라본다. 밤새 머릿속을 차지하고 있던 말이 굴러나온다. "엄마, 우리는 괜찮을까요?"

엄마는 한동안 아무 말도 하지 않는다. 잠이 들었는지, 엄마도 단어를 떠올릴 수 없게 되었는지 알 수 없다. 마침내 엄마가 대답한다. "추차 말대로 우리는 지금 하느님의 손안에 있어."

"엄마, 푸포가 누구예요?" 남자들이 하던 말을 생각해보면 우리 목숨은 하느님이 아니라 푸포의 손에 달린 것 같다.

"푸포는 군대의 우두머리야. 해방을 선언하기로 했었지. 그 사람이 우리를 버린 것 같아."

하지만 다른 많은 사람들이 돕지 않을까? 나는 묻고 싶다. 차 트렁크에서 총을 발견하고도 워시번 씨를 고발하지 않은 경찰이 생각난다. 토니 삼촌은 나비들 때문에 수천 명의 사람들이 용기를 낼 거라고 말했다. 그러나 말이 다시 기억 밑바닥으로 가라앉는다.

"군대가 없으면 진 거야." 엄마가 흐느끼기 시작한다. "거의 자유를 얻은 줄 알았는데."

나는 손을 뻗어 엄마의 등을 쓰다듬는다. 엄마가 내 등을 쓰다
듬어준 것처럼.

끝나지 않을 장례식처럼 오르간 음악이 계속 연주된다.


그다음부터는 기억이 흐릿하다. 잠이 들었다 깼다 하면서 꿈
과 현실이, 모든 것이 뒤섞인다. 센트럴파크의 눈밭에 서 있는
가르시아 자매들의 스냅사진, 도미니카공화국 모양 지우개, 트
램펄린에서 뛰어오른 샘이 내려오지 않고 우주 공간으로 튀어나
가 우주비행사가 되고, 오스카의 어린 여동생들이 세 개의 반짝
이는 검은 구슬처럼 올망졸망 창가에 매달려 있고, 오스카가 몸
을 숙여 키스하는 대신 내 뺨에 윔피의 독수리 문신을 새기고,
추차가 로레나의 방으로 관을 끌고 가고, 언니의 홑이불에 묻은
핏자국이 오늘밤 추차가 호스로 씻어낸 진입로의 핏자국이 되
고, 그다음에 차들이 돌아오는 소리, 바퀴가 끼익하고 멈추는 소
리, 문이 쾅쾅 닫히는 소리, 이쪽저쪽에서 부르는 소리, 겁에 질
린 속삭임, 이리저리 뛰어다니는 발소리, 토니 삼촌의 목소리,
엄마 아빠의 목소리, 그러다 끝없는 침묵이 이어지고 그 속으로
한없이 밑으로 밑으로 떨어지고……

추차가 나를 흔들어 깨운다. 블라인드 사이로 햇빛이 흘러 들

어온다. 무슨 일이냐고 묻기도 전에 검은 안경을 쓴 깡패들이 들이닥쳐 벽장 구석구석과 침대 밑 여기저기에 총을 찔러대며 뭔가를 찾지만 찾지 못한다.

추차와 나는 서로 꼭 끌어안고 남자들이 서랍을 잡아당겨 열고 내 옷을 바닥에 팽개치는 광경을 지켜본다. 곧 다른 남자 한 무리가 잠옷 바람의 엄마를 밀며 방으로 들어온다. "반역자!" 남자들이 소리친다.

엄마가 달려와 나를 꼭 껴안자, 머릿속에 엄마의 가슴이 쿵쿵 뛰는 소리가 울린다. 나는 너무 겁에 질려 울지도 못한다.

남자들은 방을 다 뒤진 다음 우리를 총구로 밀어 거실로 내몬다. 가는 콧수염을 기른 키 크고 깡마른 남자가 아빠 의자에 앉아 작전을 지휘한다. 부하들이 들락날락 뛰어다니며 발견한 것을 보고한다. 부하들은 그 남자를 나바히타, '작은 면도날'이라고 부른다. 어떻게 해서 그런 별명이 붙었는지 생각하기도 싫다.

"앉으시죠." 나바히타는 우리 집이 아니라 자기 집이라도 되는 양 자리를 권한다. 그러고는 입을 고무밴드처럼 늘여 이를 드러낸다. 나는 잠시 뒤에야 그 사람이 웃고 있다는 걸 깨닫는다.

우리는 물건이 부서지고 유리가 부딪치는 소리에 움찔거리며 앉아서 기다린다. 나바히타의 부하들이 집과 정원을 샅샅이 뒤진다.

"엘 헤페를 찾았습니다!" 부하 하나가 방 안에 대고 소리친다. 깡마른 남자는 엉덩이에 용수철이라도 달린 듯 벌떡 일어난다. 옆모습이 면도날처럼 날카롭다.

"쉐보레 트렁크 안입니다." 부하가 설명한다. "잠긴 차고 안에 있었습니다."

"그자들을 태워라." 나바히타가 명령한다. 부하가 서둘러 나가며 명령을 외친다.

앞창문으로 시동을 거는 수많은 검정 폴크스바겐이 보인다. 아빠와 토니 삼촌이 등 뒤로 손이 묶인 채 대기 중인 차로 끌려간다.

엄마가 창문으로 달려가 소리친다. "문도!"

아빠가 홱 돌아본 뒤 차 안으로 떠밀려 들어간다.

"어디로 데려가는 거예요?" 엄마가 울부짖는다.

"저자들이 엘 헤페를 데려간 곳으로." 나바히타가 냉혹하게 대꾸한다.

곧 단지를 뒤지고 돌아다니던 다른 요원들도 차를 나눠 타고 잔디밭에 짓밟힌 꽃과 흙투성이 바퀴자국을 남긴 채 떠난다. 나는 아빠와 토니 삼촌을 잠깐이라도 보려고 애쓴다. 뒤통수나 찰나의 옆모습, 기억 속에 잡아둘 어떤 작은 부분이라도. 그러나 어느 차에 탔는지, 무슨 일이 기다리고 있을지 상상하기도 싫은 곳으로 이미 떠난 뒤인지 아닌지도 기억나지 않는다.


　SIM이 사라지자마자 엄마는 여기저기 전화를 걸어 도와줄 사람을 찾는다. 그러나 모두 도망친 것 같다. 라디오에서는 계속 으스스한 장례 음악이 나온다. 푸포는 어디에 있는지 결국 엘 헤페가 죽었다는 사실을 발표하러 나타나지 않았다. 대신 SIM과 트루히요의 아들, 형제들이 권력을 잡은 듯했고, 그들은 온 나라가 엘 헤페의 암살에 대한 대가를 치르게 만들 것이다.

　우리는 엉망진창이 된 집 안에서 어쩔 줄을 모른다. 서랍이나 선반에 있던 것들이 모조리 부서지거나 깨져 바닥에 흩어졌다. 엄마의 장신구, 내 팔찌, 식당의 벨벳 상자 속에 들어 있던 은그릇, 아빠의 자동차는 '국가 소유'로 몰수되었다. 할아버지의 연못 바닥에 가라앉아 있던 소원을 비는 동전까지 건져갔다. 지난번에 쳐들어온 SIM은 이번에 비하면 아주 점잖았다. 지금 우리는 진짜 곤경에 빠졌다.

　엄마와 추차와 나는 청소를 시작하지만, 엄마가 울음을 터뜨린다. "이게 무슨 소용이야?" 엄마가 흐느낀다. 나는 계속 추차를 도우며 두려움보다 한 발 앞에 서려고 애쓴다. 그러나 내 안에 공포가 일고, 두려움이 커다란 검은 나방이 되어 가슴속에서 빠져나가지 못하고 퍼덕이며 돌아다닌다. 나는 더욱 열심히 쓸고 닦고 청소한다. 그렇게 하면 나방이 나갈 것처럼.

마침내 가까스로 만시니 씨와 연락이 닿는다. 만시니 씨는 당장 달려와 SIM이 난장판으로 만들어놓은 우리 집을 보고 고개를 절레절레 젓는다.

엄마는 참으려 애쓰면서도 아빠의 손수건으로 자꾸 눈가를 찍어낸다. 코를 풀 때마다 손수건에 수놓인 아빠의 머리글자를 보고 다시 울음을 터뜨린다. "뭔가 해야 해요. 아, 페페, 제발, 하느님, 우리가 뭔가를 해야 해요."

만시니 씨는 고개를 숙인다. 얼굴에 온통 쓰인 나쁜 소식을 엄마에게 보이지 않으려는 것처럼.

"아, 페페, 우리를 모두 죽일 거예요. 아, 디오스." 엄마는 걷잡을 수 없이 흐느낀다.

만시니 씨는 엄마를 의자에 앉히고 자기 손수건을 내준다. 아빠 손수건은 흠뻑 젖어 엉망이 되었기 때문이다. "칼메세(진정해요), 카르멘."

"포르 파보르, 페페, 포르 파보르, 워시번을 찾아야 해요."

"지금 우리가 해야 할 일은 안전한 장소를 찾는 거예요. SIM은 다시 올 거예요. 정말입니다. 원하는 자백을 받아내지 못하면 아내와 아이들을 찾을 거예요. 벌써 몇 집에서 아들들을 체포했어요."

"문딘!" 엄마가 두 손을 목에 댄다.

"문딘은 괜찮아요." 만시니 씨가 엄마를 안심시킨다. "일단 아니타하고 몇 가지 물건만 챙기세요. 프론티시모(빨리). 저하고 갑시다."

만시니 씨의 눈길이 곁에서 이야기를 다 듣고 있는 추차에게 닿는다.

"추차는 이 집 문을 잠그고 가족에게 가는 게 좋겠어요."

"이 사람들이 내 가족이에요." 추차가 대답하며 팔짱을 낀다.

"아니타." 엄마가 말한다. "추차하고 가서 네 물건을 좀 챙기렴."

"추차, 문딘의 물건도 좀 챙겨줘요." 만시니 씨가 엄마에게 살짝 고개를 끄덕이며 덧붙인다.

추차가 옆방에서 오빠 짐을 싸는 동안 나는 내 옷을 몇 벌 주워 모으려 하지만, 방이 너무 난장판이라 짝이 맞는 양말조차 찾을 수 없다. 방바닥에 커다란 잡동사니 무더기가 쌓여 있다. 학교 갈 때 입는 옷과 드레스와 찢어진 블라우스가 팬티와 신발과 함께 모두 한데 던져져 있다. 사방에 종이가 흩어지고, 책가방에서 책이며 연필이 빠져나오고, 몇 달 전에 벽장 속 선반에 감춰둔 일기장까지 문 옆에 팽개쳐져 있다. 내 모든 물건이 쓰레기처럼 사방에 널린 꼴을 보니 포기하고 싶어진다. 나 자신에게 말한다. 용감해지자, 강해지자. 하지만 부서진 전등에서 떨어진 작은 원숭이 손이 운동화 속에서 애처롭게 튀어나온 것을 보고 나는 물건들 앞에 주저앉아 흐느낀다.

"벤간!" 만시니 씨가 현관에서 어서 나오라고 소리친다.

일어서려 애쓰지만 일어날 수 없다. 내 목소리를 덮친 것과 같은 마비 증세가 지금 다리에 온 것 같다.

추차가 서둘러 들어온다. 나를 흘긋 보고는 한때 문 뒤에 걸려 있었던 세탁물 가방에 옷을 채워넣는다. 손잡이가 헝겊인형 얼굴이고 몸통이 빈 자루인 가방이다. 짐을 다 싼 추차는 나를 일으켜 세워 용기를 불어넣듯 꼭 끌어안는다.

"야! 야!" 때가 되었다. 날아라, 자유롭게 날아! 추차는 내 세탁물 가방을 홱 잡아당겨 마지막 순간에 일기장을 집어넣는다. 그리고 나를 떠밀며 문밖으로 달려간다. 나는 다리에 힘이 붙으면서 추차에게 밀려 집 안을 지나 기다리는 차로 날아간다.

# 아니타의 일기

**1961년 6월 3일** 토요일, 몇 시쯤인지는 모르겠음.

우리는 마침내 자리를 잡았고, 엄마가 말했다. 그렇게 해, 네 일기장에 쓰고 싶은 대로 써. 우리는 어차피 곤경에 빠졌으니 네가 우리처럼 숨어 있는 사람들에게 도움이 될 기록을 남길 수도 있겠지.

엄마는 이제 입만 열면 문장이 아니라 공포를 쏟아낸다. 나는 엄마에게 세계를 구하려는 게 아니라 일기를 쓰고 싶을 뿐이라고 말한다.

아니타, 여기에서 새로운 일은 없었으면 좋겠다. 그런 건 정말 지긋지긋해. 난 하루에 이뤄닐*을 네 알이나 먹어. 600밀리그램이지. 견딜 수가 없구나.

---

* 신경안정제의 일종.

왜 나에게 일기가 필요한지 이해가 갈 것이다.

**1961년 6월 5일** 월요일 아침, 엄마는 욕실에서 샤워 중.

한 번에 조금씩만 글을 쓸 수 있다. 여기서는 혼자 있을 시간이 별로 없기 때문이다. 만시니 부부 침실의 큰 벽장 안에는 엄마와 나뿐이지만. 만시니 부부가 침실 문을 잠그면 만시니 부부와 함께 침실에 있을 수 있고 샤워 같은 것도 할 수 있다. 그럴 때만 빼고 우리는 벽장 안에 있어야 한다.

어제 한밤중에 만시니 부인이 우리를 흔들어 깨우고 속삭였다. 둘 중에 누구인지 모르겠지만 이 집에서 코를 고는 호사는 누릴 수 없어요.

우리가 내는 소리는 만시니 부부가 내는 소리처럼 들려야 한다.

**1961년 6월 6일** 화요일 이른 시간, 대충 침실 창문으로 들어오는 빛으로 추측.

만시니 부인이 사생활 보호를 위해 늘 침실 문을 잠그는 습관이 있어 다행이다. 그리고 가정부는 다섯 아이 치다꺼리만으로도 할 일이 넘쳐 부부 침실은 늘 부인이 직접 청소했다. 게다가 가사학교에서 첩보원 훈련을 시킨다는 이야기를 들은 뒤로 부인은 아무도 믿지 않는다. 만시니 부부의 습관 덕분에 지금 당장은 만시니 부부 침실이 개인주택 가운데 가장 안전한 은신처가 되었다.

만시니네 집은 아파트 비슷한 특이한 구조다. 1층에는 원래 넓은 차고와 세탁실과 부엌만 있다. 가족은 2층에 산다. 뒤쪽에 회랑이 죽 이어지고 정원으로 내려가는 계단이 있어 더 시원하다.

욕실 창문에서 대사관 정원이 한눈에 내려다보인다. 새처럼 자유롭게 날 수 있다면…… 하지만 상상 속에서만 가능한 일이다.


같은 날 저녁.

만시니 씨 말에 따르면 수많은 사람이 체포되고 있다. 공모자 한 명이 나왔다고 모카 시민 전체가 감옥에 갇혔다! 엘 헤페의 아들 트루히요 주니어는 아버지의 암살과 관련된 남자, 여자, 아이를 모두 처벌할 때까지 멈추지 않겠다고 말한다. 사실 사람들은 몰래 그 사건을 '아후스티시아미엔토'라고 부른다. 범죄자가 악한 행동의 대가를 치르는 **정당한 처벌**이라는 뜻이다.

아빠와 토니 삼촌이 누군가를 정말 ~~살인~~ ~~죽인~~ 해친 것이 아니라 정당한 일을 한 거라고 생각하면 기분이 훨씬 나아진다. 그래도…… 아빠만 생각하면……

가봐야 한다. 꼬마 마리아 중 한 명이 침실 문 앞에서 뭐라고 소리친다.

**1961년 6월 7일** 수요일 오후, 구름 낀 날, 곧 비가 올 모양이다.

만시니 부부가 나가면 우리는 벽장 안에 조용히 있어야 하고 돌아다니거나 욕실을 쓸 수 없다(요강은 있지만 소변보는 소리가 얼마나 큰지, 그리고 어둠 속이라 얼마나 번거로운지 모른다).

이 집에서 단 두 사람, 페페 아저씨와 마리 아주머니(두 분이 나한테 이제 이렇게 부르라고 했다)만 우리가 여기 있는 것을 안다. 조그만 요크셔테리어 두 마리도 안다. 나는 이곳 학교에 왔을 때, 엄마는 여기서 카나스타 모임을 가졌을 때 모호랑 마하와 낯을 익혀둔 덕에 우리에게 짖어대지 않아 다행이다. 그 밖에는 아무도 모른다. 마리 아주머니는 이 호기심 많은 가족 안에서 비밀을 지키기란 보통 일이 아닐 거라고 말한다. 하지만 누구에게든 지금 우리가 있는 장소를 말하는 것은 너무 위험하다.

오스카와 한집에 있는데 오스카는 그 사실을 알지도 못하다니 정말 이상하다! 마리 아주머니나 페페 아저씨가 오스카의 이름을 말할 때마다 얼굴이 달아오른다. 두 분이 나의 특별한 관심을 알아차렸을까?

SIM이 수색을 시작하거나 누가(만시니 부부 외에) 침실에 들어왔을 경우 비상 행동은 몰래 욕실로 들어가는 것이다. 욕실에 좁은 벽장이 두 개 있는데, 엄마와 내가 하나씩 들어가 비좁은 배관 공간에 틀어박힌다. 그곳에서 꼼짝 않고 들키지 않기만을 기도한다.

**1961년 6월 8일 목요일 저녁식사 직후, 욕실 안.**

오늘 저녁을 먹을 때 마리 아주머니가 라디오 카리브를 조금 크게 틀었다. 그동안 페페 아저씨는 단파라디오를 라디오 스완에 맞추고 소리를 최대한 낮췄다. 그 방송국은 여전히 불법이기 때문이다. 페페 아저씨와 마리 아주머니와 엄마는 고개를 숙이고 열심히 '진짜' 뉴스를 들었다. 두 방송국의 보도 내용은 낮과 밤처럼 달랐다.

카리브: 미주기구*가 SIM의 치안 유지를 도우러 왔다.

스완: 미주기구가 인권 침해 여부를 조사하러 왔다.

카리브: 죄수들이 미주기구 조사위원회에 대우가 좋다고 말했다.

스완: 죄수들이 미주기구 조사위원회에 대우가 혹독하다고 호소했다.

카리브: 워시번 영사가 소환되었다.

스완: 워시번 영사가 목숨을 구하기 위해 헬리콥터로 탈출했다.

두 방송국이 한 가지 사실에서는 보도가 일치한다. 음모는 성공하지 못했다. 군 우두머리 푸포는 자취를 감추고 라디오로 해방을 선언하지 않았다. 대신 트루히요의 아들이 권력을 넘겨받아 대량 학살을 저지르고 있다. SIM이 집집마다 수색을 한다. 공모자의 가족을 포함

---

* 아메리카 대륙의 지역 간 협력을 위해 설립한 기구.

해 오천 명 이상이 체포되었다.

귀를 막고 이런 이야기를 듣지 않았으면 좋겠다!

이런 기분이 들 때마다 일기장에 글을 쓰면 새로운 목소리를 들을 수 있다. 내 마음에 주파수를 맞춘 세번째 라디오다.

그래서 일기장을 들고 살금살금 욕실로 갔더니 엄마가 바로 불러 세워서 버릇없이 혼자 나가버리지 말고 와서 함께 이야기 좀 들으라고 했지만, 마리 아주머니가 내가 글을 쓰는 건 좋은 일이라며 일기를 쓰기 시작한 뒤로 말도 훨씬 많아졌으니 그냥 내버려두라고 했다.

그 말을 듣고 나서야 그게 사실이라는 것을 깨달았다.

말이 돌아오고 있다. 글을 씀으로써 말을 하나하나 망각에서 건져내는 것처럼.


**1961년 6월 9일** 금요일 저녁.

페페 아저씨가 워싱턴으로 돌아간 워시번 씨가 아빠와 토니 삼촌을 미주기구의 죄수 면담 명단에 올리기 위해 노력하고 있다는 소식을 전해줬다. 그러면 목숨이 훨씬 안전해질 것이다. 일단 미주기구의 기록에 이름이 올라가면 SIM이 그 사람을 없애버리기 어려워진다.

엄마와 마리 아주머니는 매일 밤 성모 마리아에게 모든 죄수를 돌봐달라고, 특히 아빠와 토니 삼촌을 잘 돌봐달라고 묵주기도를 올리기 시작했다.

나도 늘 함께 무릎을 꿇는다. 하지만 다시 말을 하게 되었는데도 주님의 기도나 성모송을 바치는 말은 머릿속에서 건져지지 않는다.

**1961년 6월 10일** 토요일 늦은 밤.

전기가 늘 들어왔다 나갔다 한다. 마리 아주머니가 엄마와 나에게 작은 손전등을 사다주었다. 오늘밤 또 불이 완전히 나갔다. 그래서 이 작은 빛줄기에 의지해 글을 쓰고 있다.

정확한 시간은 전혀 알 수 없다. 통행금지 사이렌이 울리는 정오와 여섯시를 빼고는. 어쨌거나 전기시계는 늘 시간이 맞지 않으니, 만시니 부부는 침실에 전기시계를 두지 않는다. 태엽 감는 시계는 똑딱 소리가 너무 커서 마리 아주머니가 미칠 것 같다고 한다. 누가 수명을 재는 기분이 든다는 것이다.

사실 이렇게 좁은 공간에 함께 살면 아주 개인적인 일까지 알게 된다. 이를테면 페페 아저씨는 늘 흰 양말을 신고 잠자리에 들고, 마리 아주머니는 윗입술의 잔털을 족집게로 뽑는다.

그분들은 나에 대해 어떤 것을 알아차렸을까? 겁이 나거나 쓸쓸할 때마다 왼쪽 뺨을 어루만진다는 걸 알았을까?

**1961년 6월 11일** 저녁 먹은 뒤, 숨어 지내는 두번째 일요일.

일요일은 특히 힘들다. 우리 대가족이 늘 모이던 날이기 때문이다. 하지만 대가족은 가르시아네와 우리 가족만으로 줄어들었고, 다음에는 우리 가족만, 그러다 언니가 빠진 가족만, 이제는 핵가족보다 더욱 작아져 엄마와 나만 남았다. 핵폭탄이 떨어진 뒤의 생존자처럼 낙진 가족이 되었다.

날마다 엄마에게 아빠와 토니 삼촌에 대해 묻는다. 하지만 일요일에는 한 번 이상 묻는 것 같다(아니, 엄마가 나무라듯 '셀 수 없이 여러 번'은 아니다!).

오늘은 한 번도 묻지 않기로 마음먹었다. 하지만 저녁때가 되자 더는 참을 수 없어 결국 묻고 말았다. 엄마, 아빠와 토니 삼촌이 괜찮다고만 말해주세요.

엄마는 망설였다. 아빠와 토니 삼촌은 살아 있어. 엄마는 그렇게 말하고 울음을 터뜨렸다.

마리 아주머니가 엄마를 욕실로 데려갔고 나는 페페 아저씨와 단둘이 침실에 남았다. 잠시 침묵이 흐르다 페페 아저씨가 입을 열었다. 아니타, 긍정적으로 생각해야 해. 그것이 역사상 위대한 사람들이 비극에서 살아남은 방법이란다.

나는 위대한 사람이 아니라고 말하고 싶었다. 하지만 페페 아저씨는 아주 똑똑한 사람이니까 시키는 대로 해봐도 되지 않을까?

눈을 감고 긍정적으로 생각해본다…… 잠시 후 머릿속에 아빠와 토니 삼촌과 내가 바닷가를 걷는 장면이 떠오른다. 나는 아주 조그맣고, 아빠와 토니 삼촌이 양쪽에서 내 손을 잡고 파도 쪽으로 흔들며 나를 바다로 던지는 시늉을 한다. 나는 키득거리고 아빠와 삼촌은 껄껄 웃고, 아빠가 날아라, 미 이히타(내 딸), 날아, 라고 말한다. 내가 바람을 타는 작은 연이라도 되는 것처럼!

그러고는 생일처럼 소원을 빈다. 아빠와 토니 삼촌이 빨리 풀려나 온 가족이 다시 모이게 해주세요.


**1961년 6월 12일** 월요일 밤, 욕실, 열시 무렵.

때때로 은신 생활을 세 시간 안에 끝날 영화라고 생각하려 애쓴다. 그래야 엄마의 신경질을 훨씬 잘 참을 수 있다!

다음은 매일 밤 불이 꺼진 뒤 글을 쓰고 싶을 때의 장면이다.

배경: 어두운 벽장 안. 어머니는 매트 위에 있다. 최고로 편안하지는 않지만 감옥이나 관 속보다는 훨씬 좋은 잠자리다!

사건: 소녀가 베개 밑에서 일기장과 손전등을 더듬어 찾은 뒤 아무 소리도 내지 않고 살금살금 벽장에서 빠져나가려 한다.

어머니: (벽장 너머 침실에서 잠든 부부를 깨울 만큼 큰 소리로 속삭이며) 만시니 아저씨, 아주머니 주무시는 것 잊지 마!

소녀: 알아요. (어둠 속에서 눈알을 굴리며 지긋지긋하다는 표정을 짓지만 물론 어머니는 보지 못한다. 소녀는 욕실로 들어가 변기 뒤에 손전등을 올려놓고 글을 쓰기 시작한다. 화면이 흐려지면서 소녀가

쓰는 글이 우리 눈앞에 펼쳐진다!)

일기로 돌아와서 —

페페 아저씨가 우리를 단지에서 구출해준 밤에 있었던 일을 모두 적어두고 싶다. 잊을 것 같아서는 아니다. 난 그렇게 무섭기는 처음이었다!

엄마와 나는 페페 아저씨의 폰티액 뒷자리에서 짐꾸러미 밑에 웅크렸다. 잘한 일이었다. 길거리에 탱크가 돌아다녔기 때문이다. 이탈리아대사관에 도착하니 오빠가 먼저 와 있었다. 엄마는 오빠를 죽여버린다고 맹세해놓고도 멀쩡하게 살아서 손톱을 물어뜯는 오빠를 보자 너무 기뻐 그저 껴안고 얼굴이며 머리카락을 쓰다듬기만 했다. 가엾은 오빠는 갑자기 열다섯 살에서 쉰 살이 되어버린 것 같았고, 아빠와 토니 삼촌이 잡혀갔다는 무서운 소식에 눈빛이 흐려졌다.

그동안 페페 아저씨와 이탈리아 대사님이 계획을 세웠다.

오빠는 남자라서 가장 위험하기 때문에 이탈리아대사관에 머물기로 했다. 대사관은 SIM에게 출입금지 구역이기 때문이다. 그들이 앞으로도 법을 지킨다면 말이지만. 하지만 대사관은 보호를 원하는 망명자로 가득 차서 우리 모두 머물 수는 없었다. 그래서 엄마와 나는 옆집인 만시니네로 옮겨왔는데, 여기는 대사관만큼 안전하지 않다(개인주택에는 외교관 면책특권이 적용되지 않는다). 방법을 찾는 대로 우리 모두 국외로 나갈 계획이다. 그때까지 우리는 조용히 숨어서 털끝 하나 들키지 말아야 한다. SIM이 집집마다 수색하며 점점 다가오기 때문이다.

첫날 밤 만시네 침실에 들어왔을 때, 마리 아주머니는 우리에게 '숙박 시설'을 보여주었다. 여기가 식당이에요. 마리 아주머니는 잡지들이 놓인 머리맡 탁자를 가리키며 말했다. 여기가 침실이고요. 큰 벽장을 보여주며 덧붙이고는 좁은 복도를 가로질러 가서 말했다. 여기는 여러분의 욕실 겸 거실 겸 파티오랍니다. 마리 아주머니는 우리를 웃기려고 애썼다.

짐을 풀다 내 물건 사이에서 일기장을 발견하고 얼마나 놀랐는지 모른다! 그때 추차가 일기장을 집어 세탁물 가방에 넣은 일이 생각났다.

아, 추차가 정말 보고 싶다!


**1961년 6월 13일** 화요일 저녁.

페페 아저씨가 오늘 차로 단지 옆을 지나왔는데 단지 전체에 SIM이 바글바글했다고 한다. 라디오 벰바 — '수다 방송국'이라는 뜻인데, 뒷소문을 이렇게들 말한다 — 에 따르면 우리 단지가 지금은 SIM의 심문본부가 되었다고 한다. 내 침실에서 무슨 일이 벌어지고 있을지 생각만 해도 속이 메슥거린다.

추차는 어떻게 되었어요? 내가 물었다. 추차에게 무슨 일이 일어났다면……

추차는 잘 있어! 페페 아저씨의 말에 나는 안심했다. 우리가 대피한 다음 날 추차도 단지를 떠난 듯하다. 추차는 시내까지 무작정 걸어가 윔피스에서 통로 청소하는 일을 얻었다. 정말 믿기 어렵다. 하지만 윔피가 페페 아저씨와 친하니까 추차는 그곳에 있으면서 우리와 가까이 있다고 느낄지 모른다. 그 마음을 누가 알 수 있을까?

추차가 윔피스에 있다니, 생각만 해도 웃음이 나온다.

**1961년 6월 14일** 수요일 아침, 아침을 먹은 뒤.

가엾은 마리 아주머니는 다른 여러 가지 일뿐 아니라 식사까지 생각해야 한다!

아침식사는 늘 요리사가 일어나기 전에 마리 아주머니가 먼저 페페 아저씨의 음식을 준비해 침실로 가지고 올라온다. 그래서 아침은 문제가 되지 않는다. 그냥 빵과 마멀레이드와 치즈, 커피와 우유, 싱싱한 과일 몇 개만 더 가져오면 된다. 마리 아주머니가 문을 잠그면 엄마와 내가 벽장에서 나와 아침을 먹으며 컵 하나를 함께 쓰고, 마리 아주머니와 페페 아저씨가 다른 컵 하나를 함께 쓴다.

원래 마리 아주머니와 페페 아저씨도 저녁식사는 식당에서 먹었지만, 지금은 침실에서 조용히 뉴스를 듣고 싶다는 핑계를 대고 각자

176

쟁반을 들고 와 그 음식을 모두가 나눠 먹는다.

문제는 점심식사다. 온 가족이 늘 정식으로 식당에 모여 함께 먹기 때문이다. 마리 아주머니는 무릎 위에 펼쳐놓은 냅킨 밑에 비닐봉지를 숨기고, 음식을 많이 덜어 느릿느릿 먹다가 다 먹기 한참 전에 어린 딸들과 마리아 데 로스 산토스와 오스카가 자리를 뜨면 접시에 놓인 것을 재빨리 비닐봉지에 쓸어담아 우리에게 갖다준다. 뒤죽박죽이 된 음식 한 봉지는 별로 먹음직스럽지 않지만, 아빠와 토니 삼촌과 죄수들이 먹는 음식을 생각하면—생각하고 싶지도 않지만— 마리 아주머니가 남은 음식을 처리할 걱정이 없도록 고맙게 먹게 된다(모호와 마하가 먹을 만큼만 남기고).

페페 아저씨는 마리 아주머니가 그 비닐봉지 임무를 썩 잘해내게 되었다며 직업이 필요하면 틀림없이 SIM에서 채용할 거라고 놀린다!

**1961년 6월 15일 목요일 저녁, 벌써 숨어 지낸 지 이 주!!!**
오늘 이른 오후에 욕실에서 글을 쓰다 꼬마 마리아 셋이 마당에 나가 노는 소리를 들었다. 살갗에 닿는 따뜻한 햇살과 머리 위 파란 하늘을 즐기는 모습이 너무 부러웠다.

그러다 아빠와 토니 삼촌은 신선한 공기나 하늘은 구경도 못하고 음식 한 입 먹지 못할지 모른다는 생각이 들자 긍정적인 생각은 모두 사라져버렸다. 뺨을 어루만졌지만 소용이 없었다. 나는 울음을 터뜨렸다. 절대 울지 않는 아이라는 것도 겨우 이 정도였다.

엄마가 우는 나를 보고 야단치기 시작했다. 아니타, 너 왜 이러니, 노력해야 해, 제발, 이제 그럴 나이가 아니야.

그러자 더 눈물이 쏟아졌다.

마리 아주머니가 욕실 한쪽으로 나를 끌고 가더니 문을 닫고 속삭였다. 아니타, 넌 엄마가 엄청난, 정말 엄청난 압박감에 시달린다는 걸 알아야 해. 그 생각을 하면서 계속 글을 쓰렴, 멈추지 말고. 마음을 가라앉혀봐. 라 비르헨시타(성모 마리아)에게 기도하고.

우리 용감하고 예쁜 조카딸. 마리 아주머니는 그렇게 덧붙이며 나를 껴안았다.


**1961년 6월 16일** 금요일 저녁식사 후.

믿기지 않겠지만 우리는 여기서 우편물도 받는다!

오빠가 쪽지를 써서 대사님에게 주면, 대사님이 페페 아저씨에게 건넨다. 그러면 우리는 반대 과정을 거쳐 답장을 보낸다. 바로 옆집에 있는데 편지를 주고받아야 하다니 정말 이상하다! 오빠는 쪽지가 악당들 손에 들어갈까봐 어디에 숨어 있는지 정확히 말하지 않지만, 잘 지내며 아빠와 토니 삼촌이 몹시 걱정된다고 쓴다. 오늘의 쪽지는 나에게만 온 것이다. 오빠는 숨은 장소에서 마리아 데 로스 산토스가 어떤 젊은 남자와 회랑에 앉아 있는 걸 본 모양이다. 내가 아는 것이 없는지 궁금해한다.

이런 때에 여자친구 생각을 하다니 믿을 수 없었다!

하지만…… 나도 오스카 생각을 많이 한다. 추차가 말하던 대로 곱사등이가 낙타 혹을 비웃는 격이다!

오늘 저녁을 먹을 때 마리아 데 로스 산토스에 대해 물어봐서 만시니 부부가 남자친구 얘기를 하나 봐야겠다.

모호와 마하 때문에 글을 쓰기 힘들다. 내 무릎에 기어 올라와 펜을 물어뜯는다. 모호와 마하는 조그만 두 개의 털폭포처럼 생겼는데 머리 위 털을 짧게 땋아 각각 분홍 리본과 파란 리본으로 묶었다.

진정해. 모호와 마하에게 말한다. 계속 써. 나 자신에게 말한다.


**1961년 6월 17일 토요일 밤.**

내 은신 생활 영화의 또 한 장면.

배경: 소녀와 어머니는 그들을 숨겨준 부부와 함께 침실에 앉아 있다. 듣고 있던 라디오가 꺼진다.

소녀: (천진난만하게) 마리아 데 로스 산토스는 어떻게 지내요?

아내: 무이 비엔, 잘 지내. 라 비르헨시타에게 감사하게도.

소녀: 남자친구는 있어요?

아내: (고개를 저으며) 언제 그애가 남자친구 없을 때가 있었니?

남편: (깜짝 놀라 단파라디오에서 고개를 들며) 그게 무슨 소리요?

마리아 데 로스 산토스한테 남자친구를 사귀어도 된다고 허락한 줄은 몰랐는데.

아내: (손을 허리에 올리며) 허락을 해요? 누가 걔한테 이래라저래라 할 수 있는데요? 당신은 그동안 어디 가 있었기에 그런 것도 몰라요? 보나오\*에 사는 중국인이라도 알겠어요.

(곧 본격적인 말다툼으로 이어진다. 소녀와 어머니는 슬그머니 벽장 안으로 돌아가고, 갑자기 어머니가 소녀를 야단친다.)

어머니: 아니타, 대체 무슨 짓이니? 참 잘했구나. 저렇게 좋은 사람들한테, 우리한테 이렇게 많은 일을 해줬는데.

(소녀는 입을 다문다. 이곳에서 누군가는 평화를 유지해야 한다!)

**1961년 6월 18일** 일요일 늦은 오후, 햇빛이 밝게 비침.

내가 가장 싫어하는 날…… 하지만 오늘은 참을 만했다. 마리 아주머니가 엄마의 옛 카나스타 모임 친구들을 일요일 바비큐파티에 초대했기 때문이다. 물론 우리가 여기 숨어 있는 건 아무도 모른다. 하지만 엄마가 너무 우울해서 마리 아주머니는 창문으로 몰래 옛 친구들을 보는 것만으로도 기운이 나지 않을까 생각했다. 사실은 카나스타 모임 전체가 음모 지지자들의 아내였다.

---

\* 도미니카공화국 수도에서 북서쪽으로 80킬로미터 정도 떨어진 위성도시.

그런데 왜 저분들은 숨지 않아요? 엄마에게 물었다.

저 사람들의 남편은 직접 관련되지 않았어. 엄마가 설명했다. 엘 헤페가 아빠의 쉐보레 트렁크에서 발견되었기 때문에 우리가 가장 위험해진 거야.

갑자기 우리 집 차고에 시체를 둔 채 꼬박 하룻밤을 보냈다는 생각이 떠올랐다! 오싹할 뿐 아니라 어리석은 일 같았다. 왜 아빠와 토니 삼촌은 SIM이 우리 집을 수색하면 바로 찾을 수 있는 곳에 엘 헤페의 시체를 그대로 두었을까?

푸포를 집에 데려올 계획이었어. 엄마가 조금 더 설명해주었다. 푸포는 시체를 봐야 혁명을 시작할 수 있다고 했거든.

이런 일을 자세히 물으면 엄마는 보통 울음을 터뜨리거나 화를 냈는데, 오늘은 숨어 살게 된 뒤로 가장 차분해 보였다. 우리는 번갈아가며 변기 위에 올라가 욕실의 높은 창문으로 바깥을 내다보았다. 엄마는 눈에 띄는 사람마다 평을 했다. 아, 그런데 이사가 많이 말랐네. 마리쿠사 좀 봐, 머리를 잘랐어. 저기 애니는 쌍둥이를 낳겠어.

내 차례가 되었을 때 혼자 떨어져서 책을 읽는 젊은 남자가 눈에 들어왔다. 문득 그 사람이 오스카라는 것을 깨달았다! 몇 주 동안 보지 못해서인지 오스카는 훨씬 나이 들고 잘생겨 보였다. 내 차례가 될 때마다 계속 오스카를 보았다.

나도 책을 읽어야겠다고 마음먹었다. 여기에 온 지 거의 삼 주가 되었는데 내가 한 일이라곤 마리 아주머니의 잡지를 들춰보고 엄마와 카드놀이를 하고 라디오를 듣고 일기를 쓴 게 전부였다. 책을 읽으면 시간도 잘 가고 아빠나 토니 삼촌이나 우리에게 일어난 일에 대한 어두운 생각도 잊을 것이다.

그래서 마리 아주머니에게 우리가 교실로 쓰던 방에서 책을 갖다달라고 부탁했다.

무슨 책? 마리 아주머니가 물었다.

나는 어깨를 으쓱하고 내가 좋아할 만한 책으로 아무거나 갖다달라고 했다.

**1961년 6월 19일 월요일 밤.**

오늘밤 마리 아주머니가 말했다. 아, 아니타, 아이들 방에서 책을 갖다준다는 걸 자꾸 잊어버리는구나. 여기 이 책부터 읽어보렴. 그러고는 성모 마리아의 삶에 관한 책을 주었다.

그 책을 좀 읽어보려고 애썼지만 별로 재미가 없었다.

대신 거울을 보며 새로운 머리 모양을 시험해보았다. 머리를 뒤로 넘겨 하나로 묶은 여자를 오스카가 좋아할까 궁금해하면서.

**1961년 6월 20일 화요일 늦은 밤.**

페페 아저씨에게 책을 더 읽고 싶다고 했더니 아주 좋은 생각이라고 했다. 아저씨는 감옥이나 성에 갇혀 놀라운 일을 해낸 유명한 사람들 이야기를 해주었다. 먼 옛날 식민지시대에 머릿속으로 수많은 시를 썼다는 수녀, 소설을 완성한 사드 후작, 사전을 만든 어떤 사람, 새로운 종류의 인쇄기를 생각해낸 또다른 사람. 정말 흥미로운 이야기였지만 나와는 맞지 않는다. 나는 그저 책을 좀 읽고 일기나 계속 쓸 생각이다.

그 유명한 죄수들은 갇혀 있는 동안 미치지 않기 위해 무엇보다 중요한 것은 규칙적인 생활이라는 사실을 발견했다. 그 이야기를 듣자 찰리 프라이스가 나한테 미쳤다고 한 일이 생각나 시간표를 짜서 되도록 날마다 지키기로 마음먹었다.


**아니타 데 라 토레의 은신 생활 시간표**

<u>아침 :</u>

<u>기상</u> — 엄마가 깨지 않게 살그머니 빠져나와 허리 굽혀 발끝 짚기(스무 번)와 허리 돌리기(스물다섯 번)를 하고, 언니가 가르쳐준 가슴 커지는 운동 몇 가지(쉰 번씩) 하기.

<u>샤워하고 옷 입기</u> — 나중에 추차처럼 이가 없어지지 않도록 적어도 일 분 이상 이를 닦고, 일주일에 두 번 머리를 감고, 절대 잠옷이나 무무*만 입고 하루 종일 버티지 않기! 페페 아저씨는 사드 후작이 갇혀 있는 동안에도 분을 바른 가발을 쓰고 모닝코트를 입었다고 했

다. 또 영국 귀족은 밀림에서도 하얀 리넨 옷을 입었는데, 그들이 얼마나 오랫동안 세계를 지배했는지 생각해보라고 했다. 나는 엘 헤페도 옷에 무지 까다로웠는데 진짜 괴물 같지 않았냐고 하려다……입을 다무는 편이 낫겠다고 생각했다.

아침식사 중 — 되도록 페페 아저씨에게 새로운 것 하나 배우기. 페페 아저씨는 분명 천재다. 모르는 게 없고 5개 국어를 완벽하게 한다.

아침식사 후 — 좋은 책을 읽고(마리 아주머니가 잊지 않고 책을 갖다준다면), 일기를 쓰고, 지루해지지 않도록 노력하기. 페페 아저씨는 지루함은 정신이 빈곤하다는 증거라고 말한다. 절대로 그렇게 되기 싫다!!!

정오 :

점심식사 — 마리 아주머니가 점심 봉지를 숨겨 돌아올 때까지 배속에서 꼬르륵 소리가 나지 않도록 조심하고, 콩과 밥과 함께 으깨진 가지와 남은 닭고기(늘 내가 싫어하는 검은 부위뿐이다)를 맛있게 먹으려고 노력하기. 엄마 말에 따르면 거지는 망구**에 골파를 넣어달라고 할 수 없다(하지만 나는 으깬 플라타노에 파를 넣는 것이 싫다!). 무엇보다 엄마한테 잘하려고 노력하기.

---

\* 헐렁한 원피스 스타일의 하와이 민속의상.
\*\* 플라타노를 으깨서 조리한 도미니카의 전통음식.

오후 :

자유시간 — 일기를 쓰고, 엄마와 행복했던 옛일을 이야기하기. 마리 아주머니는 그러면 엄마가 기운이 날 거라고 한다. 거리에서 계속 들려오는 탱크 굴러가는 소리나 대통령궁 쪽에서 들리는 총소리, 여섯시 통행금지 사이렌이 울린 뒤의 쥐 죽은 듯한 정적을 무시하려고 노력하기.

밤 :

저녁 먹기 — 대개는 가장 맛있는 식사. 페페 아저씨는 하루에 한 번은 파스타를 먹어야 하는데, 나도 파스타를 가장 좋아한다. 페페 아저씨는 나에게 이탈리아인의 피가 흐르는 게 틀림없다고 말한다. 물론 그 말을 들은 엄마와 마리 아주머니는 가계도를 따지기 시작한다.

저녁식사 후 — 라디오 스완 듣기. 칠천 명이 체포되고, 시체가 낭떠러지로 던져져 상어 밥이 되고, 탱크에 탄 장군들이 사람들이 숨어 있다는 동네에 총을 쏘아댄다는 슬픈 뉴스는 생각하지 않으려 노력하기. 대신…… 긍정적으로 생각하기! 함께 이야기하고 긍정적으로 생각하기! 일기를 쓰고, 마리 아주머니의 잡지를 뒤적이고, 무슨 일이든 하면서 사람을 미치게 만들 수 있는 나쁜 생각을 떨쳐버리기.

잠 — 밤 열시쯤 불을 끄지만, 욕실에서 책을 읽고 글을 써도 된다. 다만 — 엄마는 잔소리를 정말 좋아한다 — 페페 아저씨와 마리 아주머니를 방해하지 않도록 아주 조용히 해야 한다. 엄마가 매일 밤

이런 잔소리를 할 때 얌전하게 듣고 눈알을 굴리거나 싫은 표정 짓지 않기.

밑줄 친 잠들기 전 — 바닷가의 토니 삼촌과 아빠 생각하기. 바다에 던져지는 시체 생각은 하지 않기. 긍정적으로 생각하기. 아빠와 토니 삼촌이 나를 공중에서 흔들어줄 때 내 머리카락 속의 모래와 바람, 아빠가 날아라, 라고 말하는 소리, 토니 삼촌의 웃음을 생각하기.

× × × × ×

× × × ×

(일기를 빼먹은 날에 가위표 하나씩!!!)

**1961년 6월 30일** 금요일, 욕실, 아주 더운 밤.

그렇다. 구 일 동안 나는 한 글자도 쓰지 않았다.

시간표를 적은 날 밤에 무서운 일을 겪은 뒤 아무것도 쓸 수 없었다.

아주 끔찍한 일이 일어났다!!! 욕실에서 벽장 속 잠자리로 건너가려 할 때 마당에서 누가 돌아다니는 소리가 들렸다. 야간경비원은 밤 열시쯤 이미 순찰을 돌았고, 그때는 밤 열한시가 넘은 시각이었다.

그래서 나는 '한잠도 못 자는', 하지만 늘 깊이 잠든 모습만 보이는 엄마를 깨웠다. 엄마와 나는 만시니 부부를 깨웠고, 만시니 부부는 모호와 마하를 회랑에 풀어놓았고, 모호와 마하는 으르렁거리고 컹컹 짖으며 재빨리 마당으로 이어진 계단으로 달려 내려갔고, 그다음에 총소리가 들렸고, 마리 아주머니가 회랑에서 모호! 마하! 소리를 질렀지만 아무 반응이 없었고, 페페 아저씨가 마리 아주머니를 안으로 끌어들이려 애쓰며 서둘러 가운을 걸쳤다. 아래층 현관문을 요란하게 두드리는 소리가 들렸기 때문이다.

우리는 비상 행동에 들어갔다. 엄마와 나는 욕실 벽장으로 들어가 배관 공간에 틀어박혔다. 헐거운 나무판에서 섬뜩한 딱!!! 소리가 났다. 무서워서 죽는 줄 알았다! 아마 이십 분 정도였겠지만 영원처럼 느껴지는 시간을 기다렸다. 가슴이 너무 크게 쿵쾅거려 집 구석구석까지 들릴 것만 같았고, 그때, 맙소사, 엄마를 깨우러 벽장으로 달려갈 때 변기 뒤에 일기장을 놓고 온 것이 생각났다! 감히 빠져나가 일기장을 가져올 수도, 엄마에게 말할 수도 없었다. 엄마는 당장 히스테리 발작을 일으켜 죽어버릴 것이다.

얼마 뒤에 페페 아저씨가 돌아왔다. 우리는 모두 벽장 바닥에 앉아 페페 아저씨에게 어찌 된 일인지 들었다.

문 앞에 나타난 SIM은 대사관으로부터 침입자가 있다는 연락을 받았다고 했다(거짓말이다!). 그런데 SIM 대장이 페페 아저씨가 자기 어린 딸의 맹장이 파열되었을 때 생명을 구해준 메야 박사의 매부라는 것을 알아보았다. 페페 아저씨는 그래도 안에 들어와 집을 수색해 보라고 했지만, 그 사람은 감사를 표하며 수색은 필요 없겠다고 말했다. 그들은 문간에서 페페 아저씨와 좀더 이야기를 나눈 뒤 떠났다.

페페 아저씨가 이야기하는 동안 마리 아주머니는 조용히 있었지만, 곧 모호와 마하 때문에 다시 울음을 터뜨렸다.

다음 날 아침, 야간경비원이 개 두 마리가 죽었다고 했다.

가엾은 마리 아주머니는 울고 또 울기만 했다. 엄마와 나는 우리 탓에 이런 일이 일어난 듯한 끔찍한 기분이 들었다. 게다가 나는 일기장을 다 보이는 곳에 두고 온 일 때문에 두 배로 기분이 끔찍했다! SIM이 들어왔다 일기장을 발견했으면 어떻게 되었을까? 내 부주의로 우리는 목숨을 잃을 수도 있었다.

며칠 동안 한 글자도 쓸 수 없었다. 세번째 라디오는 꺼졌다. 하지만 지금 그만두면 저들이 정말 이긴다는 생각이 들기 시작했다. 저들은 모든 것을 앗아갔다. 우리에게 일어나는 일에 대한 이야기까지.

그래서 오늘밤은 펜을 들었고, 아니나 다를까, 손이 떨리는데도 내 마음을 자세히 적었다.


**1961년 7월 1일 토요일 아침.**

새 달의 결심 두 개.

#1. 날마다 뭔가 쓰려고 노력하기!

#2. 언제나 일기장을 숨겨두기!!! 밤에는 내 매트 밑에, 매트를 개어두는 낮에는 마리 아주머니가 추운 나라로 여행 갈 때 입는 모피

코트 주머니 속에. 일기장은 나 자신과 다름없어서 일기장을 들키는 것은 나를 들키는 것과 같다. 그래서 일기장도 숨어야 한다.

일기장에 글을 쓸 때면 나에게 날개가 돋아 날아다니며 내 생활을 내려다보는 기분이 든다. 그리고 이렇게 생각한다. 아니타, 네 생각 만큼 나쁘진 않아.


**1961년 7월 2일 일요일 오후.**

아빠 걱정을 하는 또 한번의 우울한 일요일. 아빠를 본 지 한 달이 넘었다. 때때로 아빠가 어떻게 생겼는지도 잊어가는 나를 깨닫고 기분이 안 좋아진다. 내가 잊으면 아빠가 아주 사라져버릴 것처럼.

이럴 때는 시간표를 지키거나 일기를 쓰거나 오스카에 대한 공상을 하고 싶지도 않다. 벽장에 들어가 눕고 싶을 뿐이다. 엄마는 나 때문에 속이 상해 꾸짖는다.

아니타, 제발. 하루 종일 누워서 뒹굴면 안 돼. 네가 시바의 여왕이라도 되는 줄 아니?

벽장의 여왕이라고 하는 편이 낫겠다.


**1961년 7월 3일 월요일 밤.**

오늘 오후에는 꼬마 마리아들 때문에 엄청 놀랐다. 마리 아주머니가 윔피스에 장을 보러 가면서 평소처럼 침실 문을 잠근 줄 알았는데 잠그지 않았다. 엄마와 나는 벽장 안에 앉아 환기도 좀 하고 빛도 들어오라고 문을 열어놓은 채 그림맞추기 게임을 했다. 조용히 했지만 특별히 조심하지는 않았는데, 갑자기 어린 여자아이들이 침실에 들어오는 소리가 들렸다.

엄마가 화낼 거야. 꼬마 하나가 말했다. 누군지는 구별할 수 없었다.

안 낼 거야! 다른 꼬마가 말했다. 알지도 못할 텐데 뭐.

그다음에 서랍 열리는 소리, 키득거리는 소리, 말하는 소리가 들렸다. 너 너무 많이 발랐어. 아이들은 화장대에서 립스틱을 바르고 향수를 뿌려보았다. 나도 우리 엄마 침실에서 수없이 해본 일이다.

이게 뭐야! 엎질렀잖아!

그러자 한 아이가 말했다. 엄마 곰옷 구경하자. 이 벽장 안에 걸린 모피코트를 말하는 것이다.

엄마와 나는 굳어버렸다. 그림맞추기 게임을 하던 카드가 바닥에 흩어져 있었다. 카드를 줍거나 욕실 벽장으로 건너갈 겨를이 없어서 우리는 옷 사이로 뒷걸음만 쳤다.

갑자기 다른 사람이 방에 들어오는 소리가 들렸다. 너희 뭐 하는 거야? 이 방에 들어오면 안 되는 거 알잖아. 오스카였다! 오랜만에 들어보는 오스카의 목소리였다. 그새 더욱 낮아진 듯, 소년보다 남자 목소리에 가까웠다.

여자아이들은 앞다퉈 달려나갔지만, 호기심 많은 오스카는 남아서 주위를 둘러보았다. 곧 발소리가 구석을 돌아 좁은 복도로 들어왔다. 오스카는 벽장 안으로 걸어 들어와 걸려 있는 양복과 드레스를 한 손으로 죽 훑더니 갑자기 멈췄다. 뭔가가 눈에 들어온 것이다. 오스카는 아주 조용히 벽장에서 물러나 문을 닫았다.

엄마와 나는 마리 아주머니가 돌아오는 소리가 들릴 때까지 그대로 숨어 있었다. 성모님 맙소사! 마리 아주머니가 소리쳤다. 역시 문을 안 잠그고 나왔네!

벽장 바닥에 우리가 그림맞추기를 하던 카드가 그대로 있었다. 가운데 카드들은 모두 엎어져 있었는데, 한 장만 뒤집혀 있었다. 하트 퀸이었다!

**1961년 7월 4일** 화요일 이른 아침.

아침을 먹기 전에 조그만 돌멩이가 욕실 창문에 부딪히는 소리가 들렸다. 그리고 또하나. 위험할 수도 있으니 내다볼 수 없었다. 하지만 세번째로 딱! 소리가 났을 때 호기심을 이기지 못하고 높은 창문으로 내다보았다.

오스카가 마당에 서서 올려다보고 있었다. 나는 오스카가 나를 보기 전에 몸을 숙였다.

얼마 뒤.

오스카가 나를 보았을까 궁금하다.

그래서 곧바로 하트 퀸 카드를 집어 창문 밖으로 살짝 밀어낸 다음 마당에 내려앉는 모습을 지켜보았다.

**1961년 7월 5일 수요일 시에스타 뒤.**

어제는 미국 독립기념일이라 윔피가 가게 뒤에서 바비큐파티를 열었다. 만시니 가족도 초대받았다. 페페 아저씨 말로는 윔피도 우리가 어디 있는지 알고, 우리의 안전을 지키기 위해 최선을 다하고 있다. 그것이 무엇을 의미하든 말이다.

추차도 있었어요? 나는 마리 아주머니에게 물었다.

있었지! 오스카하고 쉬지 않고 이야기하더라.

나는 뺨을 만지며 마음을 가라앉히려 애썼다. 하지만 상상이 마구 뻗어나갔다. 추차와 오스카가 혹시⋯⋯ 내 이야기를 했을까?

오스카는 오늘 아침 일찍 또 밖에 나와 이쪽을 올려다보았다!

**1961년 7월 6일 목요일 저녁 뉴스.**

오늘 저녁 놀라운 일이 있었다. 마리 아주머니가 내가 늘 좋아하던 이야기책 『아라비안나이트』를 갖다주었다. 마리 아주머니는 내가 웃는 걸 보고 말했다. 그러니까 오스카 생각이 맞았구나.

오늘 아침 마리 아주머니가 오스카에게 또래 아이가 있다면 어떤 책을 추천하겠느냐고 묻자 오스카가 그 책을 뽑아준 것이다.

책을 펼쳤더니 책갈피 삼아 하트 퀸 카드가 끼워져 있었다!

**1961년 7월 7일** 금요일 밤.

오스카와 비밀통신을 할 수 있다는 것만으로도 하루하루가 밝아진다. 나는 욕실에서 더 오래 시간을 보내며 머리 모양을 바꿔본다.

오늘 오후에 수선을 피우는 나를 보고 엄마가 말했다. 아니타, 대체 여기서 누가 널 본다고 그러니?

얼굴이 달아올랐다. 물론 엄마 말이 맞다. 그래도 페페 아저씨가 해준 사드 후작 이야기를 엄마에게 들려주었다. 엄마는 추차의 격언으로 대답했을 뿐이다. 원숭이한테 비단옷을 입혀봤자 원숭이지!

저녁을 먹을 때 페페 아저씨는 인간이 자기 잠재력을 얼마나 활용하지 못하는지 한참 설명했다. 뇌가 이 쟁반이라면 우리는 이 밥알 하나만큼만 쓰는 거야. 아인슈타인은 아마 이 아보카도 조각 정도 썼겠지. 갈릴레이는 이 카사바 패티 정도였겠고.

(나는 머리를 빗고 이만하면 예뻐 보일까 고민하며 얼마나 많은 잠재력을 낭비했을까!)

잠재력을 다 활용하는지 어떻게 알아요? 페페 아저씨에게 물었다. 하지만 아저씨가 입을 열기 전에 마리 아주머니가 대답했다. 네 지능을 다 활용하면 내가 말해줄게. 저녁을 식기 전에 먹으면 똑똑한 거야. 그 말에 페페 아저씨도 빙그레 웃으며 저녁을 먹기 시작했다.


**1961년 7월 8일 토요일 저녁.**

『아라비안나이트』를 다시 읽는데 이런 생각이 들었다…… 정말 이런 일이 있을 수 있을까? 한 소녀가 잔인한 술탄에게 이야기를 잔뜩 해주고서 목숨을 구하다니! 이를테면 엘 헤페가 나를 자기 침실로 끌고 갔다고 치자. 언니에게 하려고 했던 것처럼 말이다. 그 악한 마음을 바꿀 이야기가 있을까? 무엇으로도 마음을 변화시킬 수 없는 지독한 사람도 있을까?

페페 아저씨에게 물어봤더니 백만 불짜리 질문이라고 했다. 니-치(이렇게 쓰는 게 맞나??)나 하이-디거(맞나???) 같은 수많은 위대한 사상가가 그 답을 찾으려 했으나 만족스러운 답을 얻지 못했다고 했다(그 사람들은 뇌를 나보다 훨씬 많이, 쟁반만큼 쓰며 연구했는데도).

마리 아주머니는 오스카에게 다른 책을 추천해달라고 하겠다고 약속했다.


**1961년 7월 9일 일요일 늦은 오후.**

엄마와 나는 하루 종일 단둘이 있었다. 만시니 가족이 바닷가의 친구들 집에 갔기 때문이다. 집을 잠그고 하인들은 모두 휴가를 보냈

다. 이곳은 몹시 조용하고 으스스하다. 물론 작은 소리만 나도 겁이
난다.

엄마와 나는 잠시 카드놀이를 하다 욕실로 갔다. 엄마가 손수 내
머리를 발레리나처럼 틀어올려주고 립스틱과 볼연지를 조금 발라주
었다.

나는 거울로 내 모습을 살펴보며 물었다. 엄마, 내가 조금이라도
오드리 헵번을 닮은 것 같아요?

훨씬 예쁘지. 엄마가 대답했다.

그보다 멋진 말은 없을 것이다! 나는 엄마의 온갖 신경질이며 오
랫동안 좋은 말은 한마디도 해주지 않은 것을 용서했다. 빙글 돌아서
뼈가 으스러지도록 엄마를 껴안았다.

어디 부러지지 않게 조심해라. 엄마가 웃음을 터뜨리며 말했다.
지금은 병원에도 갈 수 없으니까.


일요일 밤.

마리 아주머니가 바닷가에서 오스카와 꼬마 여자아이들이 주웠다
는 조개껍데기 몇 개를 가지고 돌아왔다.

나는 벽장 안에 두려고 반짝이는 갈색 점박이 고둥 하나를 골랐
다. 하지만 조개껍데기를 간직하는 여자아이는 노처녀로 죽는다던
추차의 말이 생각나 마리 아주머니에게 돌려주며 말했다. 제가 결혼

할 때까지 대신 간직해주세요.

마리 아주머니는 조금 놀란 듯했다.

페페 아저씨가 방금 바로 옆 이탈리아대사관에서 흥분되는 소식을 가지고 돌아왔다. 오빠가 곧 외국으로 떠날 것이다! 항구에 마이애미로 가는 이탈리아 유람선이 들어왔다고 한다. 대사님은 우리 모두 배에 태우려 했지만, 선장은 신원이 확실하지 않은 승객은 한 사람만 태울 수 있다고 했다. SIM이 배가 출항하는 모든 항구를 철저히 감시하기 때문에 그 이상은 너무 위험했다.

엄마는 오빠가 무사히 떠날 수 있을까 걱정하다 아빠와 토니 삼촌 걱정을 시작한다. 엄마는 이제 잠도 잘 자지 못한다. 이쿼닐이 다 떨어졌기 때문이다. 마리 아주머니는 약국이 다 문을 닫았다고 말한다. 온 나라가 진정제를 먹는 것 같다.


**1961년 7월 11일** 화요일 밤.

어젯밤 벽장 안 매트에 나란히 누웠을 때 엄마는 외할아버지가 입주 의사로 일했던 설탕 농장에서 보낸 어린 시절 이야기를 해주었다. 엄마와 사이좋게 지내던 옛날로 돌아간 듯했다.

가장 마음에 든 이야기는 엄마가 열다섯 살이 되었을 때 부모님이 열어준 성대한 킨세아녜라 이야기였다. 엄마는 신부처럼 긴 하얀 드레스를 입고 농장 요리사가 특별히 만들어준 설탕꽃 왕관을 썼다.

파티가 끝나고 엄마는 왕관을 간직하고 싶었지만, 엄마 동생 에딜 베르토 삼촌이 그 달콤한 왕관을 발견하고 설탕꽃을 핥아먹는 바람에 결국 철사틀만 남았다!

넌 지금 웃지, 나는 걔가 내 심장이라도 먹어버린 것처럼 울었어. 엄마도 말하며 웃음을 터뜨렸다.

여왕 얘기가 나왔으니 말인데, 육 년 전에 엘 헤페의 딸이 앙헬리타 1세 여왕으로 대관식을 한 거 기억하나 모르겠다. 너는 그때 아주 어렸지만 신문에서 팔만 달러나 하는 우스꽝스러운 실크드레스를 입은 그 여자 사진을 보고 엄마, 이 사람이 우리 여왕이에요? 라고 물었어. 나는 사방에 일하는 사람이 있어서 뭐라고 대답해야 할지 몰라 우리나라에는 사실 왕족이 없는데 앙헬리타는 그 아버지가 여왕으로 만들어준 거라고 대답했지. 그 뒤로 얼마 동안 네 생일이나 크리스마스나 비에하 벨렌이나 로스 트레스 레예스 마고스* 때 선물로 무엇을 받고 싶냐고 물어보면, 너는 아빠가 여왕으로 만들어주었으면 좋겠다고 대답했단다.

그래서 기억나니? 네 다음 생일에 아빠가 마시멜로 왕관을 만들어줬어. 네가 하루 종일 그 왕관을 쓰고 햇빛 속을 돌아다니며 벗지 않으려 드는 바람에 머리카락에 부드러운 마시멜로가 녹아내렸잖아.

---

* 도미니카공화국에서 크리스마스를 기념해 아이들에게 선물을 주는 행사들.

그것을 씻어내느라 고생 좀 했지.

아빠 생각으로 우리 둘 다 침묵에 잠겼다. 어둠 속에 누운 채 나와 함께 바닷가를 걷던 아빠와 토니 삼촌을 생각했다. 모래와 바람, 아니타를 던져버리자, 토니 삼촌이 농담을 하고, 아빠는 나를 꽉 잡아주며 껄껄 웃고……

내가 엄마 손을 잡으려 하자, 마침 엄마도 나에게 손을 뻗고 있었다.

**1961년 7월 12일** 수요일 밤.

윔피와 워시번 씨는 최선을 다했다. 그러나 미주기구 대표가 면담한 죄수 명단에는 아빠와 토니 삼촌의 이름이 없었다. 엄마에게 물어볼 것도 없이 좋은 징조가 아니었다.

면담 중에 죄수들이 한 이야기를 조금 들었다. 오늘밤 엄마와 만시니 부부가 듣던 라디오 스완에서 미주기구의 보고 내용이 나왔다. 어른들은 내가 욕실에서 일기를 쓰는 줄 알았지만, 나는 복도에 있었다. 아나운서가 인용문을 읽을 때, 목소리는 사무적이었지만 내용은 끔찍했다.

죄수들은 고문자들이 손톱을 뽑고 눈을 뜬 채로 꿰맸다고 고발했다. 옥좌라 불리는 전기의자에 앉혀 공모자를 불라며 전기 충격을 주었다. 어떤 죄수에게는 스테이크를 먹이더니 그것이 친아들의 살이라고 알려주었다.

오랜만에 작은 십자가를 입에 넣고 주님의 기도를 외웠다. 그러고는 욕실에 가서 저녁 먹은 것을 토했다.

**1961년 7월 13일 목요일 밤.**

깜짝 놀랄 일이 있었다!

우리가 침실에 나와 만시니 부부와 라디오를 듣는데 문 두드리는 소리가 났다. 가정부가 손님이 왔다고 알렸다.

누구지? 마리 아주머니가 잠긴 문 너머로 물었다.

엘 엠바하도르(대사님)가 어떤 아가씨와 함께 오셨어요. 가정부가 대답했다.

마리 아주머니와 페페 아저씨는 대사님이 오신다는 얘기를 듣지 못했기 때문에 당연히 SIM의 속임수일 거라고 생각했다. 우리는 즉시 비상 행동에 들어갔다.

조금 뒤에 마리 아주머니가 다른 사람과 함께 침실로 돌아오는 소리가 들렸다. 그리고 문을 잠그는 소리. 마리 아주머니가 욕실에 들어와 말했다. 괜찮아요, 이제 나와도 돼요.

우리는 다른 사람이 페페 아저씨나 대사님일 거라 생각하고 배관 공간에서 나왔다. 그런데 침실을 보니 마리 아주머니의 침대에 어떤 금발 소녀가 등을 돌리고 앉아 있었다.

우리는 얼른 욕실로 돌아갔다.

하지만 마리 아주머니가 다시 불렀다. 이리 나와봐요. 만나고 싶어하는 사람이 있어요.

엄마와 나는 깜짝 놀랐다. 우리는 만시니 부부만 빼고 아무한테도 얼굴을 보여서는 안 된다.

마리 아주머니가 금발 소녀를 데리고 욕실 문 앞으로 왔다. 소녀는 선글라스를 끼고 드레스를 입었는데, 자기 모습에 넌더리가 난다는 태도로 옷을 내려다보았다. 그러고는 세상에서 가장 친근한 눈을 들었다.

문딘! 엄마가 소리쳤다.

쉿! 마리 아주머니가 웃음을 터뜨리며 말했다. 성공했네요. 내가 엘 엠바하도르에게 친엄마와 친동생이 못 알아볼 정도면 변장이 완벽한 거라고 했거든요.

오빠는 배를 타러 가는 길이었다. 우리는 오빠와 작별 포옹을 했다. 나는 이 계획이 별로 마음에 들지 않아요. 오빠가 말했다. 변장 얘기가 아니에요. 엄마와 아니타를 두고 가는 거 말이에요. 아빠는 늘 무슨 일이 생기면……

오빠는 엄마가 울음을 터뜨리는 바람에 말을 멈추었다.

마리 아주머니는 내가 침실 문까지 오빠를 배웅하게 해주었다. 걸음을 옮길 때마다 가슴이 찢어지는 듯했다. 라디오에서 들은, 사람을 산 채로 천천히 난도질한다는 고문을 받는 것처럼.

오빠가 나를 돌아보았을 때 오빠의 눈에 눈물이 고여 있었다. 남자는 울지 않으니까, 여자 옷을 입었기 때문일 것이다.

나로 말하자면 숨도 쉬지 못할 만큼 흐느껴 울었다.

## 1961년 7월 15일 토요일 아침.

어젯밤 엄마와 나는 늦게까지 이야기를 나눴다. 잠자리에 들기 전에 라디오 스완을 들었는데 아나운서가 "케 비반 라스 마리포사스! 나비들 만세!"라는 말로 프로그램을 마무리했다.

그것 때문에 아빠 생각이 났는지, 엄마는 옛날 이야기를 시작하더니 아빠와 삼촌들이 어떻게 해서 독재자에게 저항하는 지하운동에 가담하게 되었는지 말해주었다.

네 아빠는 미국의 대학에서 돌아온 뒤에 가족을 위해 바쁘게 일하느라 정치에 별로 관심을 쏟지 못했어. 엄마는 만시니 부부에게 폐가 될까봐 아주 낮게 속삭였다. 나는 엄마 이야기를 듣기 위해 내 매트 가장자리까지 굴러가야 했다.

하지만 상황이 더욱 나빠지기 시작했어. 친구들이 하나둘 사라졌지. 네 삼촌 한 명도 체포되었고. 하지만 우리는 어떻게 해야 할지 몰랐어.

그러다 우리나라에 자유를 가져오기 위해 운동을 조직한 자매 이야기를 들었어. 모두 그 자매를 라스 마리포사스, '나비들'이라고 불렀지. 우리 모두의 마음에 날개를 달아주었기 때문이야.

카를로스 고모부나 토니 삼촌처럼 다른 고모부와 삼촌 몇몇은 당장 가담했어. 하지만 아빠는 우리 모두의 목숨이 위험해질까봐 주저했지.

어떻게 해서인지 SIM이 그 운동에 대해 알아냈어. SIM은 사람들을, 그 가족들을 체포해 고문해서 점점 더 많은 이름을 캐냈지. 할아버지 할머니와 삼촌들은 떠날 수 있을 때 떠났어. 카를로스 고모부는 아슬아슬하게 떠났고.

나비들은 외딴 산길에서 숨어 기다리던 자들에게 살해당했고, 사고처럼 보이도록 차와 함께 낭떠러지로 던져졌어.

그때 네 아빠와 내가 나비들의 횃불을 들고 다시 싸우기 시작한 거야.

신경이 약한 엄마가 비밀 음모에 가담했다니 믿을 수 없었다! 갑자기 손잡이를 한번 더 돌리면 빛이 더 밝아지는 전등처럼, 엄마가 아빠의 낡은 레밍턴 타자기로 선언문을 치거나, 마당에 나가 증거가 될 물건을 태우거나, 정원 창고에서 총이 든 부대를 방수천으로 덮던 모습이 떠올랐다. 나의 잔 다르크 엄마, 나의 나비 엄마! 엄마가 정말 자랑스러웠다!

엄마는 계속해서 그 운동이 어떻게 온 나라로 퍼졌는지 이야기했다. 너도나도 지원해왔다. 아빠는 대학 시절부터 알고 지내던 윔피와 팔런드 대사에게 연락을 취했고, 미국인들도 돕겠다고 나섰다. 어떤 사람들은 푸포 장군까지 음모에 가담하도록 설득했다. 장군은 엘 헤페가 살해되었다는 증거를 보면 자신이 정부를 장악해 자유선거를 실시하겠다고 했다.

하지만 상황이 틀어지기 시작했지. 엄마의 목소리는 태엽이 풀려가는 장난감 같았다. 워싱턴에서 겁을 먹었어. 아후스티시아미엔토의 밤에 아무도 푸포를 찾지 못했어. SIM은 재빨리 움직였지.

끝이야. 엄마가 말을 맺었다. 속삭임이라 할 수도 없는 목소리였다.

나는 눈을 감고 아빠가 내게 약속하라고 한 말을 떠올렸다. 아니에요, 엄마. 끝이 아니에요. 나비는 오래오래 살 거예요!


**1961년 7월 17일 월요일 늦은 밤.**

오늘밤 잠자리에 들 준비를 하는데 마리 아주머니가 말했다. 아참, 잊어버릴 뻔했네. 오늘 윔피스에서 추차가 와서 이해할 수 없는 말을 했어요. 우리 셋은 함께 욕실에서 이를 닦고 있었다. 모든 소리를 동시에 내야 하니까.

추차가 다시 날개를 쓸 준비를 하라고 전해달랬어요.

엄마는 깜짝 놀랐다. 당신들과 윔피 말고는 우리가 여기 있는 걸 아무도 모르는 줄 알았어요.

믿어줘요. 마리 아주머니가 말했다. 나는 말하지 않았어요. 그런데 추차는 가게에서 줄곧 나를 따라다니더니 기어이 차까지 쫓아왔어요. 그러고는 다시 똑같은 말을 하더라고요. 나는 추차에게 무슨 얘기인지 모르겠다고 했지요. 그랬더니 추차가 잘 짓는 그 표정으로 나를 보더니 호주머니에서 이것을 꺼내주더군요.

산 미겔이 죽인 용 위로 거대한 날개를 펼치고 있는 성화 카드였다.

내 마음에도 한 쌍의 날개가 있다. 날개 하나가 곧 우리가 자유로워진다는 얘기에 흥분해서 파닥거린다! 또하나의 날개는 아빠와 토니 삼촌 없이는 자유로워지고 싶지 않아 두려움에 떤다.


**1961년 7월 18일** 화요일 밤.

나는 마리 아주머니가 준 조그만 손전등을 사용한다. 오늘 또 수도 전체에 전기가 나갔다. 페페 아저씨의 가설에 따르면 SIM이 일부러 전기를 끊는 것이다. 탱크를 내보낼 또다른 구실이 되니까.

우리 모두 희망에 차 있다. 내일 시위가 계획되어 있기 때문이다. 신문에도 전면을 차지하는 선언문이 실렸다. 인권을 선언하는 내용으로, 유명한 사람들이 많이 서명했다.

페페 아저씨는 이것이 우리의 마그나카르타*라고 한다. 역사 시간에 열심히 공부한 덕분에 그게 뭔지 묻지 않아도 되어서 기쁘다.

---

* 1215년 영국의 국왕 존이 귀족들의 강압에 따라 왕권의 제한과 제후의 권리를 확인한 문서. 대헌장.

**1961년 7월 19일** 수요일, 시위가 계속되는 소리, '리베르타드(자유)'를 외치는 소리가 들린다!

아주 작은, 아주 작은 기회가 있어요. 페페 아저씨가 엄지와 검지를 구부려 닿을락 말락 하게 만든다. 미국인 몇 명을 태우고 플로리다로 가는 개인비행기에 탈 수 있을지도 몰라요. 윔피는 엄마와 내가 마지막 순간에 그 비행기를 탈 수 있도록 애쓰고 있다.

갑자기 우리 은신처를 떠난다고 생각하니 두렵다.

페페 아저씨가 원숭이를 오랫동안 우리에 가둬놨더니 문을 열어놓아도 나오려 하지 않았다는 실험 이야기를 해준 적이 있다.

자유롭다는 건 어떤 것일까? 자기 나라 밖으로 날아갈 필요가 없다면 날개도 필요 없을까?


**1961년 7월 20일** 목요일.

오스카와 나는 계속 책으로 비밀언어를 주고받는다. 지금까지 오스카는 『어린 왕자』 『호세 마르티 시집』 『어린이를 위한 셰익스피어 이야기』 『로빈슨 가족』을 골라주었다. 나는 책 한 권을 다 읽을 때마다 하트 퀸 카드를 다시 넣어 마리 아주머니에게 돌려준다.

그리고 다음 책이 도착할 때면 아니나 다를까 하트 퀸 책갈피가 들어 있다!

오스카와 나는 어떻게 될까? 〈로미오와 줄리엣〉처럼 우리에 관한 영화도 나올까? 우리 이야기는 더 행복한 결말을 맺길 바라며 기도할 뿐이다!

**1961년 7월 28일** 금요일, 또 거리에서 시위.

시위가 잦아지면서 SIM이 다시 사람들을 체포하고 집집마다 수색하기 시작했다.

우리는 늦기 전에 떠나게 될 테니 준비해두라는 윔피의 지시를 받았다. 자유행 비행기를 타는 비밀 장소로 어떻게 가느냐가 문제다.

만시니 부부는 방법을 생각해내려 애쓴다.

이제 책 배달은 없다. 마리 아주머니는 월요일에 오스카와 딸들과 도냐 마르고트를 바닷가 친구네 집으로 보냈다. 시위 때문에 총을 마구 쏘아대고 사람을 마구잡이로 잡아들인다. 우리가 교실로 쓰던 놀이방은 거리에 면해 있어 창문으로 여러 번 총알이 날아왔다. 아이들이 집을 떠난 뒤라 다행이다. 마리 아주머니는 그 방에 들어가려 하지 않는다.

엄마와 나는 긴장이 높아지자 다시 서로 신경을 건드린다. 나는 되도록 엄마와 부딪치지 않으려 하지만 벽장 안은 그리 넓지 않다.

그 무엇에도, 심지어 일기장에 글을 쓰는 일에도 집중하기 힘들다. 시간표를 지킬 기운도 없다.

마리 아주머니가 기분 전환으로 카드놀이라도 해보라고 했지만, 엄마가 카드를 살펴보다 말한다. 하트 퀸이 어디 갔지?

**1961년 7월 30일 일요일, 지금껏 가장 '지루한' 날!**

아침에 만시니 부부가 아이들을 만나는 날이라며 차를 타고 바닷가로 떠나고 나니, 이곳은 무덤 같다. 내가 한 일이라곤 책 읽고 낮잠 자고 잡지 보고 아침식사에서 남은 빵을 먹은 것뿐이고, 지금은 글을 써보려고……

배관 공간에 들어와 있다. 누가 이 일기를 발견할지도 몰라 손전등을 비추며 갈겨쓰고 있다.

뒷마당에서 비행기가 착륙하는 듯한 큰 소리가 났다. 지금은 아래층 문이 부서지는 소리가 난다.

아, 맙소사. 집 안으로 들어오고 있다!!!!

손이 너무 떨린다. 하지만 세상이 알도록 이 기록을 남기고 싶고……

# 10
## 자유의 울음

"아니타, 포르 파보르." 엄마가 다른 방에서 소리친다. "그 물건 좀 꺼라."

나는 베벌리 호텔에서 텔레비전 앞에 앉아 있다. 우리 할아버지 할머니가 빌린 호텔 꼭대기층 방이다. 우리가 뉴욕 시에 온 지도 벌써 한 달 반이 지났다. 나는 달력에서 하루하루를 지워나간다. 오늘은 너무 힘주어 가위표를 하는 바람에 종이가 찢어졌다. 1961년 9월 18일은 끝나지 않았지만 벌써 지나갔다!

날씨가 추워지고 있다. 십 층 아래 길거리에 늘어선 장난감처럼 작아 보이는 나무들이 누가 성냥이라도 켠 듯 불그스름하게 변하기 시작했다.

나는 틈날 때마다 텔레비전을 본다. 엄마에게는 이 나라에 대해 더 많이 배우고 싶다고 말했지만, 사실은 지금 당장 걱정이 될 만한 일을 모두 잊고 싶을 뿐이다.

이를테면 엄마가 다른 방에서 걸려고 하는 전화. 엄마는 일주일에 두 번 워싱턴에 있는 워시번 씨에게 전화해 아빠와 삼촌 소식을 알아본다. 우리는 모두 ─ 할아버지 할머니, 언니와 오빠와 나 ─ 둘러앉아 엄마 얼굴을 보며 반응을 살핀다.

"워시번 씨 부탁합니다, 포르 파보르."

엄마가 전화하는 소리가 들린다. 텔레비전을 끄려고 다가가는데, 내가 텔레비전에서 본 유일한 스페인 여자가 나온다. 리키 리카르도라는 쿠바 남자도 나오는데, 그 남자의 별난 미국인 아내를 보면 워시번 부인이 생각난다. 이 스페인 여자는 물건을 사라고 외치는 시장의 마르찬타스(장사꾼)처럼 머리에 큰 바나나 바구니를 이고 있다.

나는 볼륨을 낮추고 소리 죽여 노래를 따라 부른다.

처음 봤을 때는 그 여자가 하는 말을 믿을 수 없었다. "나는 아니타 바나나예요, 여기에 살러 왔어요."

"아냐!" 나는 텔레비전에 대고 소리치며 양손으로 귀를 막았다. "난 여기 살지 않아, 살지 않아!"

언니가 달려 들어왔다. "케 파사(무슨 일이야)? 아니타, 왜 소리를 지르고 난리야?"

엄마와 할머니와 할아버지가 오빠에게 겨울 재킷을 사주려고 외출했으니 망정이지, 안 그랬으면 내 비명 소리가 어른들의 예민한 신경을 건드렸을 것이다.

"우리가 쫓겨났으면 좋겠니?"

나는 고개를 끄덕였다 곧 가로저었다. 물론 쫓겨나서 다시 벽장 속에 살고 싶지는 않다. 하지만 독재정치가 끝나서 집으로 돌아가 다시 가족끼리 살았으면 좋겠다.

"저 여자." 나는 조용한 화면을 가리키며 말했다.

"저 여자가 뭐?" 언니가 다시 볼륨을 높이며 물었다. 그리고 광고를 마저 보았다. "저 여자 때문에 소리를 질렀어?"

"아니, 저 여자 때문이 아니라 저 여자가 한 말 때문이야." 나는 텔레비전이 수정구슬이라도 되는 양 여자의 예언을 설명했다.

언니는 특유의 많이 참는다는 듯한 한숨을 내쉬었다. "아휴, 아니타, 저 사람이 한 말은 그게 아니야." 언니는 그 여자 흉내를 내며 엉덩이를 흔들었다. "아니타 바나나가 아니라 치키타 바나나이고, 살러 왔다는 게 아니라 말하러 왔다는 거야!"

내 신경도 꽤 지친 모양이다.

나는 지금도 곳곳에서 유령과 징조를 본다. 그런데 그것을 해석해줄 추차는 곁에 없다.

"워시번 씨, 추행해서 정말 죄송해요." 방에 들어가는데 엄마가 말한다. 영어의 '몰레스트(molest)'는 스페인어의 '몰레스타르(molestar)'와 달리 '폐를 끼친다'는 뜻이 아니라고 언니가 이미 엄마에게 설명해주었다. 하지만 엄마는 미국인이 별별 말도 안 되는 방식으로 스페인어를 바꾸어놓았는데 그걸 어떻게 다 기억하느냐고 따진다. 때로는 슬픈데도 엄마한테는 웃을 수밖에 없다.

"네, 네, 이해해요, 워시번 씨, 네." 엄마가 말한다. "네"라고 할 때마다 엄마의 목소리가 약해지는 것을 알 수 있다. 수화기를 너무 꽉 잡은 탓에 엄마의 손가락 관절 부분이 뼈가 비쳐 하얗다. "무소식이 희소식이죠. 맞아요. 우리는 워시번 씨에게 정말 감사해요." 그것으로 말을 맺는다.

"아무 소식도 없어." 엄마는 전화를 끊고 조용히 말한다. "트루히요의 아들에게 나라를 뜨라고 압력을 넣고 있대. 우리는 계속 희망을 가지고 기도하는 수밖에 없어." 엄마는 더 쾌활하게 덧붙이지만, 그리 자신 있게 들리지 않는다.

"엑삭타멘테(그 말이 맞아)!" 할아버지가 맞장구치며 우리 모두에게 확신을 불어넣으려고 애쓴다. 하지만 할머니는 눈물을 흘린다. "미스 포브레스 이호스, 미 포브레 파이스." 할머니의 불쌍한 아들들, 할머니의 불쌍한 나라!

언니도 함께 눈물을 흘리고, 곧 엄마와 나도 울기 시작한다. 오빠는 서둘러 욕실로 간다. 틀림없이 욕실에서 울 것이다.

할아버지는 외투를 입고 할머니의 혈압약을 사러 약국에 간다.

할아버지와 함께 가고 싶지만 그럴 수 없다. 사실 우리가 할아버지 할머니의 방에서 함께 지내는 건 불법이고 원래는 숙박비를 더 내야 하기 때문이다. 할아버지는 푸에르토리코인 도어맨에게 우리가 '임시'로 있는 거라고 말했고, 도어맨은 이해한다며 나만 조심하라고 했다. 그래서 우리는 되도록 조심해서 한 사람씩 나간다. 서로 아는 사이가 아니라 그냥 아래층 호텔 방에 따로따로 묵는 사람들로 보이도록.

나는 창가에 서서 1층에서 나오는 할아버지를 지켜본다. 파나마모자를 쓴 노인. 이 나라에서 몇 안 되는 친숙한 얼굴이다. 이 나라에 우리가 아는 사람은 우리와 함께 온 사람들뿐이다.


우리가 은신처에서 들킨 날, 그것으로 우리나라와 작별하게 될 줄은 몰랐다. 사실은 SIM에게 들켜 내 삶과 작별하는 줄 알았다.

그래서 겁에 질린 채로도 계속 일기장에 글을 쓴 것이다. 우리에게 무슨 일이 일어났는지 누가 알아주기를 바랐다.

그러나 욕실 벽장문이 벌컥 열렸을 때 나타난 것은 우리를 구하러 온 윔피와 낙하산 부대원이었다! 바닷가로 떠난 만시니 부부도 그날 비행기가 뜨는 줄 몰랐다. 우리를 대피시키려면 많은 일이 맞아떨어져야 했고, 그 일요일, 7월 30일 마지막 순간에 모든 것이 맞아떨어졌다.

나는 일기장을 헐거운 나무판 밑에 감추려 했다. 그러나 윔피가 나를 움켜잡아 끌어내는 바람에 일기장도 내 손에 잡힌 채 딸려왔다. 아무 표시 없는 헬리콥터가 우리를 태워가려고 대사관 구내에서 기다리는 중이라 잠시도 지체할 틈이 없었다. 바깥 거리에서는 성난 시위가 계속되었고, SIM은 군중을 통제하느라 바빠 잠자리 헬리콥터 한 대가 겁에 질린 모녀를 태우고 날아가는 것을 알아차리지 못했다.

도시 북쪽의 버려진 소형 비행장에 내리자, 화물비행기가 기다리고 있었다. 밴 한 대가 다른 사람을 몇 명 태우고 도착했는데, 그중 몇은 나도 아는 얼굴이었다. 윔피는 엄숙한 얼굴로 독수리 문신을 부풀리며 모든 사람이 비행기에 타는 것을 도와주었다. 비행기가 이륙할 때 창밖으로 작별 인사하듯 흔들리는 야자나무와 금이 간 활주로를 내다보다 윔피와 함께 밴 안으로 들어가는 자주색의 뭔가를 흘끗 본 듯했다.

우리는 점점 더 높이 올라 초록빛 골짜기와 검은 산등성이 위로, 하얀 모래사장에 파도가 부서지는 해안 위로 날아갔다. 몇 마일 아래 저 조그만 바닷가 별장 가운데 하나에서 오스카가…… 올려다보고 있을지도 모른다! 오스카는 언제쯤 집에 돌아갈까? 이제는 내가 오스카의 부모님 벽장 속에 숨어 살지 않는 것을,『로빈슨 가족』의 읽던 자리에 하트 퀸을 끼워두지 않는 것을 바로 알아차릴까?

그 많은 사람과 장소를 두 번 다시 보지 못할지도 모른다! 아래를 내려다보니 바다 위에 그리운 얼굴과 추억이 조각이불처럼 펼쳐졌다. 우리 플라타노 자루를 일륜차에 실어 옮겨주는 몬시토, 흰 양말을 신은 페페 아저씨, 청승맞은 노래를 부르며 생강 풀에 물을 주는 포르피리오…… 그리고 그 조각들을 꿰매는 자주색 실은 추차였다. 사랑하는 추차, 내 삶이 산산조각 나버린 이 한 해를 살아남도록 도와준 사람.

멍하니 울지도 못하고 창밖을 내다보는데, 마침내 비행기가 구름 속으로 들어가 아무것도 보이지 않게 되었다. 얼마 뒤에 나는 엄마에게 기대어 잠들었다.

엄마가 나를 흔들어 깨웠을 때는 비행기 밖이 캄캄했다. 착륙한 것이다. 나는 잠이 덜 깬 채 비틀거리며 엄마에게 잡혀 어찌어찌 활주로를 건너 뉴욕 시로 가는 더 큰 비행기로 옮겨탔다.

그다음에 알아차린 것은 예전에 추차의 말문조차 막아버린 언니의 엽서 사진 같은 광경을 내려다보고 있다는 사실이었다.

너무 커서 좀처럼 진짜라고 믿을 수 없는 빌딩, 드문드문 흩어진 양탄자 같은 녹지, 작은 창문에 손만 대도 가려지는 개미처럼 조그만 사람들. 일 년 내내 햇빛이 비치는 가족과 친척과 친구들의 나라가 아닌 낯선 사람들과 잿빛으로 가득 찬 이 세계에서 어떻게 살 수 있을까?

착륙해서 터미널로 들어가자 관리들이 우리를 어떤 방으로 데려가 특별 서류를 발급해주었다. 한 관리가 우리와 악수하며 말했다. "미합중국에 오신 것을 환영합니다." 그리고 입국관리실 밖을 가리켰다. 거기에 내가 이 낯설고 새로운 세상에서 어떻게 살아남을까에 대한 답이 있었다. 우리 가족이 기다리고 있었다. 오빠와 언니, 할아버지 할머니, 카를라, 카를라의 동생들, 라우라 고모와 카를로스 고모부와 미미 고모. 모두 "아니타! 카르멘!"을 불렀다. 카를라는 가족이 달려나가 우리를 껴안았을 때 내 표정이 천 달러짜리였다고 말한다.

9월 말이 되어도 아빠와 토니 삼촌의 소식은 들리지 않는다. 가르시아 가족이 퀸스에 있는 자기네 집으로 이사 오라고 했지만, 엄마는 듣지 않는다. 머지않아 우리는 집으로 돌아갈 것이다. 교외는 가르시아네처럼 미국에 정착하기로 한 사람들이 사는 곳이다. 뉴욕 시는 떠나온 집으로 돌아가는 길에 잠시 머무는 곳이다.

엄마는 여기에서 기다리는 동안 우리가 영어를 완벽하게 익혀야 한다고 결정한다. 언니는 2월부터 여기 살아서 벌써 전문가가 되었지만, 오빠와 나는 이 기회에 영어를 익힐 수 있을 것이다. "아빠가 아주 기뻐할 거야!" 엄마가 들떠서 말한다. 이런 이야기가 나오면 불편한 침묵이 흐른다. 하지만 나는 그 말을 믿고 싶으니까 무엇이든 할 생각이다. 아빠가 우리를 보고 기뻐하는 데 도움이 될 일이라면 무엇이든 말이다.

엄마는 가까운 가톨릭 학교에 찾아가 우리가 집으로 돌아갈 때까지 들을 수 있는 수업이 있는지 묻는다. 교장선생님은 수녀인데, 검은색이라는 점만 빼면 아기인형 모자 같은 보닛을 썼다. 자선수녀회라 그런지 친절하게 어디든 자리가 있는 반에 넣어주겠다고 했다.

이튿날이 되자 교장선생님이 그다지 친절하다고 생각되지 않는다. 나는 초등학교 교실 가운데 유일하게 자리가 남는 2학년 교실의 작은 책상에 앉아 있다. 교사인 마리요셉 수녀님은 상냥한 얼굴에 엷은 구레나룻과 늘 우는 듯한 물기 있는 파란 눈을 가졌다. 숨결에서 몇 년 동안 열어보지 않은 낡은 옷가방에서 날 법한 곰팡내가 난다.

"애니는 아주 특별한 학생이에요." 수녀님이 반 아이들에게 말한다. "독재정치를 피해 망명을 왔어요." 그 말을 할 때 나는 나무 바닥을 내려다보며 울지 않으려고 애쓴다.

"애니는 자유로워지기 위해 가족과 함께 여기 온 거예요." 마리요셉 수녀님이 설명한다. 하지만 우리 가족 모두가 여기 있는 건 아니에요. 나는 말하고 싶다. 게다가 내 마음은 온통 아빠 걱정뿐이고 온몸이 슬픔으로 가득 차 어느 날은 아침에 일어나기도 힘든데, 어떻게 내가 자유롭다고 할 수 있을까?

"반 친구들에게 도미니카공화국에 대해 좀 말해주겠니?" 나이 든 수녀님이 나를 재촉한다.

낯선 사람들에게 어디서부터 얘기를 해줘야 할까? 그곳은 내 살갗에 냄새가 배어 있고 내 머릿속에 늘 기억으로 자리 잡고 있다. 이 아이들에게는 지리 수업에 지나지 않지만 나에게는 집이다. 지금 우리나라 이야기를 하면 너무 슬퍼질 것이다. 나는 교실을 채운 어린아이들이 지켜보는 앞에서 한마디도 하지 못한다. 그래도 열세 살이 다 되어 2학년에 다니는 진짜 저능아로 보이지 않도록 그애들의 언어를 할 줄 안다는 것 정도는 보여줘야 한다.

"저를 여러분의 나라에 받아줘서 고맙습니다." 내가 중얼거린다.

마리요셉 수녀님은 나에게만 따로 숙제를 내준다. 내가 기억하는 고국에 대해 글을 쓰는 것이다.

"갑자기 생각하기보다 기억나는 것을 쓰는 편이 더 쉬울 거야." 수녀님이 말한다. 수녀님은 공책의 빈 페이지마다 맨 위에 조그만 십자가를 그린 다음 내 숙제를 예수, 마리아, 요셉에게 바친다는 뜻으로 J. M. J.라는 머리글자를 인쇄체로 쓰는 시범을 보여준다. 그 밑 첫째 줄에 내 이름을 쓰면 된다. 수녀님은 내 이름인 애니 토레스를 적고 1961년 10월 4일이라고 날짜를 쓴다.

나는 공책 위로 몸을 숙이고 빈 페이지 맨 위에 작은 십자가를 그린 다음 내 글을 J. M. J.에게 바친다. 그러고는 문도 데라토레와 안토니오 데라토레를 뜻하는 M. T.와 A. T.를 덧붙인다.

"그게 뭐니?" 내 어깨 너머로 마리요셉 수녀님이 기웃거리며 묻는다.

"우리 아빠와 삼촌이에요." 나는 각각의 머리글자 조합을 가리킨다.

수녀님은 안 된다고 하려는 듯싶더니, 갑자기 물기 어린 파란 눈에 더욱 물기가 고인다. "안됐구나." 수녀님이 속삭인다. 마치 아빠와 토니 삼촌이 죽기라도 한 것처럼!

"곧 다시 만날 거예요." 나는 설명한다.

"당연히 그렇겠지." 마리요셉 수녀님이 고개를 끄덕이며 말한다. 오늘은 수녀님의 숨결에서 할머니가 속옷 서랍에 넣어두는 향주머니 냄새가 난다.

수업이 필기체 쓰기로 넘어가도 나는 내 숙제를 한다. 처음에는 무엇을 써야 할지 모르다가, 다시 일기장에 글을 쓰는 셈 친다. 곧 공책을 한 장 한 장 채워간다. 그리운 사람과 음식과 장소를 낱낱이 적어나가고, 브라운 선생님이 가르쳐준 은유를 써서 설명한다. 추차의 격언 가운데 좋아하는 것도 적는다.

침착성과 참을성만 있으면 당나귀도 야자나무에 오를 수 있다.

원숭이한테 비단옷을 입혀봤자 원숭이다.

어제의 빨래를 내일의 햇빛으로 말릴 수는 없다.

글을 쓰는 동안 추차가 옆에서 "날아! 자유롭게 날아!"라고 속삭이는 것만 같다. 추차가 나에게 해준 마지막 말이었다. 하지만 아빠가 없는데 어떻게 내가 진정으로 자유로울 수 있을까? 아빠에게 무슨 일이 생긴다면 내 안의 날개도 죽을 것이다.

다 쓴 글을 내자 마리요셉 수녀님은 색연필을 들고 읽는다. 나는 수녀님의 큰 책상 옆에 서서 수녀님이 색연필로 내 실수를 고쳐 내려가는 모습을 지켜본다. 추차의 격언이 나오자 수녀님은 킥킥 웃는다.

"아주 잘 썼네." 말은 그렇게 해도 페이지마다 작은 붉은색 표
시가 가득하다.


10월 말에도 아빠는 여전히 감옥에 있고 트루히요의 아들은
여전히 권력을 잡고 있다. 그는 점점 더 보복에 열을 올리며 미
국과 협력하려 들지 않아 워시번 씨도 자세한 사정을 알지 못한
다. 나는 늘 모르는 게 없었던 오스카에게 편지를 보내 아는 것
이 있는지 물어보기로 마음먹는다.

전에도 오스카에게 편지를 써보려 했다. 하지만 자리를 잡고
앉을 때마다 그리움이 밀려와 편지를 치워버릴 수밖에 없었다.

하지만 이번에는 목표가 있다. 검열 때문에 아주 조심해야 하
지만. 먼저 뉴욕 이야기를 자세히 한다. 몹시 추워졌고 두꺼운
옷을 많이 껴입어 불편하다는 이야기. 사람들이 잘 웃지 않아서
나를 좋아하는지 어떤지 모르겠다는 이야기. 학교에서 영어를
많이 배운다는 이야기(2학년 수업을 듣는다는 얘기는 뺀다). 담
임선생님인 마리요셉 수녀님이 시켜서 『아라비안나이트』에 나
오는 소녀처럼 이야기를 쓰고 있다는 이야기. 수녀님이 우리 섬
에 대해 지리 수업을 했고 엄마가 튀겨준 파스텔리토를 가져갔
더니 모두들 아주 좋아했다는 이야기. 좋은 이야기와 나쁜 이야

기를 섞고, 이야기할 만한 좋은 일이 별로 없으면 솔직히 조금 꾸며내기도 한다.

그러고는 아주 가볍게 끼워넣는다. "술탄의 궁전은 요즘 어떠니?" 술탄에 밑줄을 긋다 힌트가 너무 뻔해질까봐 지워버린다.

친척이라 해도 남자아이에게 편지를 쓴 것을 엄마가 모르게 하고 싶어서 할아버지에게 편지를 부쳐달라고 부탁한다. 하지만 할아버지는 봉투의 주소를 보더니 우편물은 아무것도 들어가지 못한다고 설명한다. 나라가 완전히 폐쇄되었다. 사람들이 드나들지 못하도록 철의 장막을 친 베를린이라는 도시처럼.

나는 편지를 돌려받아 수없이 작은 조각으로 찢어버린다. 창문을 열고 그것을 뿌린 뒤 조그만 하얀 조각들이 저 아래 땅으로 떨어지는 모습을 지켜본다. 길을 가던 사람 몇이 위를 올려다본다. 눈이 오는 줄 알았나? 퀸스에 사는 가르시아 자매가 이 나라의 겨울에 대해 자세히 얘기해주었다. 늦어도 크리스마스에는 눈을 보게 될 거라고 했다.

"그때쯤이면 난 여기 없을 거야." 나는 그애들에게 계속 말한다.

하지만 하루하루가 흘러가고 나무들이 병에 걸린 듯 잎이 다 떨어지고 10월이 11월로 바뀌자, 올해의 첫눈이 문제가 아니라 그 뒤로도 오랫동안 여기 있게 되는 게 아닐까 하는 생각이 든다.

학교에서 돌아오는 길에 식료품점에 자주 들른다. 아무리 슬플 때라도 가게 앞에 서서 문이 저절로 열리면 원피스로 돌아간 것처럼 흥분이 밀려온다. 은근히 추차와 마주치기를 기대하며 통로를 걷는 것도 좋다. 추차도 점원들이 선반을 청소하는 데 쓰는 큰 깃털 먼지떨이를 들고 있을 것이다. 믿을 수 없을 만큼 상자와 상표가 엄청 많다. 수프와 소스, 이런저런 통조림, 여남은 가지나 되는 다양한 시리얼, 수많은 사탕. 이 나라에서는 심지어 동물도 선택의 여지가 많다. 고양이밥도 여섯 가지나 된다! 몬시토는 뭐라고 할까?

오늘은 내 머리가 어떻게 되었는지 그냥 구경만 하지 않고 수레를 가져온다. 통로를 오가며 정말 좋아하는 물건으로 수레를 채우며 다 살 돈이 있는 척한다. 통로를 다 돌았을 때는 수레에 물건이 너무 높이 쌓여 그 너머가 잘 보이지도 않는다. 나는 왔던 길로 되돌아가며 물건을 하나하나 조심스럽게 제자리에 돌려놓는다.

별안간 가슴팍이 딱 벌어진 덩치 큰 남자가 달려온다. 푸주한처럼 흰 앞치마를 두르고 얼굴빛은 날고기처럼 불그죽죽한데 화가 나서 그런 듯하다. 나는 미국인의 얼굴을 봐도 어떤 기분인지 잘 알아볼 수 없지만, 이 남자가 화가 났다는 건 알 수 있다.

나는 혼자 장을 볼 나이가 된 것처럼 행동하려 애쓴다. 한 달 뒤면 열세 살이다. 지난주에는 호텔 엘리베이터에서 어떤 부인이 나를 열네 살로 보았다! 아기 같은 내 얼굴은 과거로 가라앉고, 우리 할머니의 끝이 살짝 들린 코와 우리 아빠의 깊숙한 눈과 우리 엄마의 밀크커피색 피부를 닮은 새로운 얼굴이 나오고 있다. 나만의 것은 왼쪽 눈 위의 흉터뿐인 듯하다. 예전에 오빠가 하늘을 향해 쏜 비비탄에 맞은 자리다.

남자는 내 수레 앞을 바리케이드처럼 막아선다. "아가씨, 이걸 다 살 돈이 있어?" 돈이 없는 걸 안다는 듯한 말투다.

나는 남자의 쏘아보는 눈을 들여다보고 만다. 그 무자비한 눈빛 속에 내가 지금 하는 일을 꼭 해야 한다는 100퍼센트의 확신이 없다는 게 드러날 것이다. 나는 거의 들리지도 않게 더듬거린다. "시, 세뇨르." 그 순간은 너무 겁에 질려 영어가 나오지 않는다.

"영어 못하냐?" 남자가 내 팔을 움켜잡으며 말한다.

할 줄 안다고 대답하려 하지만, 남자는 벌써 나를 가게 앞으로 끌고 가 문이 열리자 인도로 밀어낸다. 지나가는 사람 몇이 고개를 돌려 바라본다.

"어른 없이는 다시 오지 마라. 알아듣겠냐?" 남자는 내 몸을 위아래로 더듬으며 무엇을 훔치지 않았나 확인한다.

처음에는 창피해서 진짜 잘못이라도 저지른 것처럼 가만히 서서 수색을 감수한다. 그러나 커다란 손이 내 가슴을 턱 짚자 나는 소리친다. "난 아무 짓도 하지 않았어요! 여기는 자유로운 나라예요!" 사실 그 말이 맞는지는 잘 모르겠다. 혹시 여기는 미국인에게만 자유로운 나라일까? 경찰이 나타나면 우리 가족 전부가 고국으로 추방되어 독재자의 아들에게 죽임을 당할까?

그 생각이 너무 끔찍해 슈퍼맨 같은 힘이 솟았나보다. 몸을 비틀어 남자의 손아귀에서 빠져나와 길을 따라 달려가다 왼쪽으로 돌고 다시 오른쪽으로 돈다. 베벌리 호텔까지 따라오는 사람이 있으면 따돌릴 생각이다. 호텔에 도착하자 푸에르토리코인 도어맨만큼 친하지 않은 미국인 도어맨을 지나쳐 회전문을 통과해 로비로 달려 들어간다. 엘리베이터를 기다리지 않고 계단을 한 번에 두 단씩 뛰어올라 10층까지 달려 올라가자 가슴이 어찌나 세게 뛰는지 터져버릴 것만 같다.

문 앞에 서서 숨을 고르며 얼굴에 드러났을 지독한 공포를 가라앉히려 애쓴다. 안에서 할머니의 울음소리가 들린다. 엄마가 워싱턴의 워시번 씨에게 일주일에 두 번 거는 전화를 지금 막 끊었을 것이다.

나의 일부는 안으로 들어가 더욱 슬픈 소식을 듣는 것을 피하고 싶다. 그러나 실망보다 국외 추방이 더 두렵다. 실망에는 익숙해지는 중이다. 그래서 아주 살짝 문을 두드리고 조그만 목소리로 외친다. "소이 요." 저예요.

오빠가 문을 연다. 오빠의 얼굴이 너무 핏기 없이 창백해서 나는 경찰이 어떻게든 나를 찾아내 우리 가족이 당장 쫓겨날 처지가 된 거라고 믿어버린다.

나는 소리친다. "난 나쁜 짓은 아무것도 하지 않았어."

오빠가 내 손을 잡는다. "워시번 씨가 와 있어." 불도저가 깔고 지나간 것처럼 낮은 목소리다.

오빠를 따라 큰방으로 들어가면서, 나는 방금 전에 식료품점 사건이 일어났는데 어떻게 벌써 우리를 추방하려고 워시번 씨가 워싱턴에서 여기까지 먼 길을 올 수 있었는지 머리를 짜낸다. 혹시 이미 뉴욕에 와 있었을까? 식료품점 주인이 국무부와 짜고 미리 우리를 노렸던 걸까? 하지만 이런 억지 가능성을 떠올리면서도 워시번 씨가 와 있는 명백한 이유를 생각하지 않으려 애쓸 뿐이라는 것을 안다. 나를 신고해 혼내주려는 화난 가게 주인이나 경찰보다 무서운 진짜 이유 말이다.

오빠가 밤에 잠을 자는 소파에 엄마와 언니가 붙어 앉아 있다. 할아버지는 안락의자에서 몸을 내밀고 워시번 씨의 이야기를 듣는다. 워시번 씨의 의자 옆에는 군복을 입은 다른 남자가 나에게 등을 돌리고 서 있다. 다른 방에서 할머니의 울음소리가 들린다.

"할머니는 가서 누우셨어." 오빠가 설명한다. "진정제를 드셔야 했어."

"왜?" 내가 묻는다. 심장이 아주 높은 벼랑 끝에서 흔들린다. 나는 숨을 죽이고 그것이 떨어져 산산조각이 날지 마지막 순간에 좋은 소식을 듣고 구조될지 기다린다.

워시번 씨가 일어나 나를 안는다. 워시번 씨가 놓아주자 나는 오빠를 따라 할아버지 안락의자 옆 소파 빈자리로 가며 가슴에 손을 얹는다. 그 손이 내 갈비뼈 속까지 들어가 심장을 잡아줄 것처럼. 엄마 옆을 지날 때 엄마가 올려다보며 울음을 터뜨린다.

할아버지가 손을 뻗어 내 두 손을 잡는다. "우리 모두 아주 용감해져야 한다." 할아버지는 조용히 말한다. 할아버지의 눈도 붉다. 그러고는 내가 결코 잊지 못할 말을 한다. "네 아버지와 삼촌이 죽었다."


"어제 보고를 받았습니다." 워시번 씨가 설명을 시작한다. "독재자의 가족은 떠나겠다고 했습니다." 워시번 씨의 목소리는 사무적이지만 때때로 작은 슬픔의 구름이 지나간다.

"새벽이 오기 직전, 그 아들이 바닷가 사유지로 떠났습니다. 그동안 SIM 측근들이 차를 몰고 감옥으로 가서 남아 있던 공모자 여섯 명을 끌어내 바닷가로 데려가……" 워시번 씨는 갑자기 말을 멈춘다.

잠시 후에 덧붙인다. "로 시엔토." 그 말은 영어로 유감이라고 하는 것보다 훨씬 많은 것을, 우리가 느끼는 감정을 워시번 씨도 느끼고 있음을 뜻한다.

"말해주세요!" 엄마가 요구한다. "나는 그 사람들이 어떻게 죽었는지 알고 싶어요. 우리 아이들이 그 이야기를 듣기를 원해요. 우리나라가 듣기를 원해요. 미국이 듣기를 원해요."

절대적인 확신이 느껴지는 말투에 워시번 씨가 목청을 가다듬고 말을 잇는다. "트루히요의 아들과 측근들은 상당히 취했습니다. 확실하지 않지만 약물도 했을지 모릅니다. 어쨌든 그자들은 죄수들을 야자나무에 묶어놓고 한 사람씩 쏴 죽였습니다. 시신은 바다로 싣고 나가 뱃전 너머로 던져버렸습니다."

워시번 씨가 이야기를 맺기도 전에 엄마가 흐느낀다. 후벼 파는 듯한 절절한 흐느낌이다. 마치 엄마 안의 모든 슬픔을 떠내 다른 감정이 들어갈 자리를 만들려는 듯하다. 언니도 흐느끼지만, 엄마를 살펴보는 데 더 정신이 팔려 있다. 우리 가운데 누구도 겪어보지 못한 어마어마한 슬픔이 두려운 것이다. 할아버지와 오빠도 눈가를 훔친다. 할아버지는 아빠의 손수건이 생각나는 머리글자 박힌 손수건으로, 오빠는 손등으로.

그러나 나는 울지 않는다. 지금 당장은 아니다. 나는 마지막까지 주의 깊게 듣는다. 모든 과정을 아빠와 토니 삼촌과 함께하고 싶다.

워시번 씨가 말을 마쳤을 때, 엄마와 오빠와 언니와 나는 일어서서 서로 팔을 두른다. 할아버지도 우리 사이에 낀다. 모두들 우리 가족 한가운데의 빈 공간을 향해 운다.

# 11
## 눈나비들

"어떻게 보여?" 나는 사촌 카를라에게 묻는다.

"설명하기 힘들어." 카를라가 대답한다. "그냥 기다렸다 직접 봐."

우리는 가까운 곳에 집을 구할 때까지 퀸스의 가르시아네 집에 머물기로 했다. 엄마와 언니와 오빠는 나머지 사촌과 고모와 삼촌 들과 할아버지 할머니와 함께 집 안에 있지만, 카를라와 동생들은 나와 함께 외투를 입고 모자를 쓰고 장갑을 끼고 뒷마당에 서서 나의 첫눈이 내리기를 기다린다. 하루 종일 라디오에서 눈 내리는 추수감사절이 될 거라고 예보했다. 잿빛 하늘은 눈으로 가득 찬 피냐타*처럼 무겁고 낮아 보인다.

카를라는 우리나라에서 나하고 붙어다니던 작년 이후로 많이 자랐다. 머리카락을 자꾸 귀 뒤에 꽂는 대신 머리띠를 하고 입술에 반짝이는 것을 바른다. 이걸 바르면 입술이 트지 않아. 카를라는 그렇게 말하지만 립스틱 같아 보인다. 카를라는 영어로 너무 빨리 말해서 때로는 내가 말을 막고 "포르 파보르, 엔 에스파뇰(스페인어로 좀 해)"이라고 해야 한다. 그렇게 말하면 라우라 고모가 좋아한다. 학교에서 영어만 해야 하는 딸들이 모국어를 잊어가는 것이 걱정이기 때문이다.

"보통은 이렇게 일찍 눈이 내리지 않아." 카를라가 말한다. 꼭 평생 미국에 살았던 것처럼 군다! "아니타, 이건 특별한 거야."

"크리스마스 전에 눈이 내리면 행운이 온대." 요가 덧붙인다.

"그건 네가 꾸며낸 얘기잖아!" 카를라는 여동생에게 눈치를 준다. 요가 또 이야기를 꾸며내나보다. 하지만 나는 가르시아 자매가 아빠 일이 있은 뒤로 나를 위로해주려 애쓰는 것을 고맙게 생각한다.


"얘들아," 라우라 고모가 부엌 창문을 열고 부른다. "저녁 거의 다 됐다."

할아버지 할머니는 엘 디아 델 파보, 즉 '칠면조의 날'이라고

---

* 속이 빈 종이공으로, 사탕 같은 것을 넣어 공중에 매달고 막대기로 깨뜨린다.

부르지만, 미국인 학교에 다닌 나는 진짜 이름이 추수감사절이라는 걸 안다. 검은 모자에 검은 망토를 두른 청교도가 미국에서 첫해를 살아남은 것을 감사한 날이다. 우리 사촌 몇 명은 브롱크스에서 왔고 할아버지 할머니는 시내에서 땅 밑으로 다니는 기차를 타고 왔다. 모두 모인 것은 아니다. 프란 삼촌 가족은 마이애미에 있고, 미미 고모는 남자친구가 생겨 남자친구 부모님을 만나러 갔다. 하지만 대부분의…… 남은 가족은 여기 와 있다.

보통은 카를라와 동생들이 부엌일을 거들지만, 라우라 고모의 말에 따르면 오늘은 요리사가 너무 많아서 수프에 빠질 지경이다(고모가 영어 격언 대부분을 잘못 알고 있다는 건 나도 안다).* 그래서 우리는 셀 수 없이 여러 번 동네를 돌며 카를라와 같은 반인 귀여운 남자아이가 사는 집 앞을 지났다. 카를라는 늘 사랑에 빠져 있고 결혼 이야기를 한다. 엄마는 카를라가 이 나라에 와서 남자를 좀 밝히게 되었다고 하는데 사실은 나도 그렇게 생각한다. 하지만 카를라는 여자아이가 7학년이 되면 그렇게 되기 마련이라고 우긴다(카를라에게 말하기 싫지만 나는 6학년 때 이미 그렇게 되었다).

우리는 이삼 주 전에 가르시아네로 이사를 왔다. 그 소식을 들

---

* '요리사가 너무 많으면 수프를 망친다'라는 영어 격언을 잘못 인용하고 있다.

은 뒤였다. 엄마는 곧바로 나를 카를라와 동생들이 다니는 가톨
릭 학교에 등록시켰다. 6학년을 거의 다 빼먹었기 때문에 다시
6학년에 다니게 되었다. 하지만 교장선생님인 셀레스티나 수녀
님은 실력이 향상되면 봄에는 카를라의 학년으로 올라갈 수 있
을 거라고 말해주었다.

그때쯤이면 멀리 떠나 있기를 바랐는데! 하지만 이제 엄마는
우리가 돌아가지 않는다고, 오랫동안 돌아가지 않을 거라고, 우
리 마음의 상처가 아물 때까지는 안 돌아간다고 말한다.

그것이 얼마나 오래 걸릴지 궁금하다. 아빠가 남겨둔 빈자리
를 어떻게 메울까?


엄마가 나와서 이제 저녁 먹을 시간이라고 말한다. 엄마는 너
무 슬프고 야위어 보인다. 라우라 고모의 검은 외투를 입었는데
엄마한테 너무 큰 것 같다. 고모와 같은 치수인데도. 아니, 이제
같은 치수가 아닐지도 모른다. 검은 외투 안에는 몇 주째 검은
드레스를 입고 있다. 엄마는 꼬마 피피의 손을 잡고 있다. 꼬마
가 세 언니를 따라 밖에 나오고 싶어서 운 모양이다.

"아직 안 왔니?" 엄마가 하늘을 본다. 엄마는 어느 겨울에 아
빠와 미국 여행을 와서 눈을 본 적이 있지만, 나를 위해 흥분하
며 처음 눈을 봤을 때 이야기를 해준다. 엄마와 아빠는 호텔 창

턱에 쌓인 눈을 뭉쳐 방 안에서 서로 던졌다. 엄마는 오븐 속의 칠면조가 타버릴까봐 확인하듯 아침부터 계속 하늘을 확인했다. 하지만 머리 위 잿빛 안개에서 눈송이는 하나도 떨어지지 않았다. "이제 그만 들어오는 게 좋겠다." 엄마가 말한다. "너희가 잠시만 보이지 않아도 너희 엄마가 어떻게 되는지 알잖니." 엄마는 가르시아 자매를 둘러본다. 그애들은 안다. 라우라 고모는 여기에 와서도 예전 집에 살 때만큼 걱정이 많다.

우리는 집으로 향하고, 꼬마 피피는 언니들과 나란히 달려간다. 내가 뒤로 처지자 엄마가 나를 기다렸다 내 허리에 팔을 두른다. 모든 일이 잘 해결되길 바라며 기도하던 지난 몇 달 사이에 우리는 다시 가까워졌다. 잘 해결되지 않은 지금, 엄마는 틈만 나면 나를 붙든다. 엄마가 잃은 다른 많은 것처럼 나까지 잃을까봐 두려운 듯.

"산책은 어땠니?" 엄마가 묻는다.

"좋았어요." 엄마가 걱정하지 않도록 대답한다. 카를라가 케빈 매클로플린이 칠면조를 먹는 모습을 보기 위해 나를 끌고 그 집 앞을 몇 번이나 왔다갔다했다는 얘기를 어떻게 할 수 있을까?

"온 세상이 이렇게 회색으로 죽어 있는 데는 좀처럼 익숙해지지 않는구나." 엄마가 헐벗은 나무들을 올려다보며 한숨을 쉰다. 죽음을 입에 담을 때 내 허리를 잡은 엄마의 손에 힘이 들어간다. "너의 첫 미국 추수감사절이구나." 엄마는 애써 명랑하게 말한다. 엄마를 따라 집 안으로 들어가는데 곁눈으로 조그만 먼지 조각이, 그다음에 또 한 조각이 보인다. 아니야, 저런 것일 리 없어. 나는 생각한다. 할머니가 이 나라에 오기 전에 집에서 코바늘로 뜨던 레이스 같은 것을 기대하면서.

식당에는 모든 어른이 앉을 수 있게 여분의 자리를 마련한 큰 식탁이 준비되었다. 모두 검은 옷을 입어서 검정새 떼 같다. 나는 커다란 전망창 옆에 아이들을 위해 차려진 작은 식탁에 앉는다.

"주님, 이 선물들에 감사합니다." 카를로스 고모부가 기도를 시작하지만 말을 잇지 못한다. 고모부는 우리 아빠와 토니 삼촌과 다른 사람들은 남아서 독재자 아들의 분노를 뒤집어썼는데 자신만 제때 빠져나왔다고 가슴 아파한다.

"무엇보다 우리 가족이 다시 모이게 해주셔서 감사합니다." 할아버지가 뒤를 잇는다. "우리 모두를 위해 목숨을 바친 이들을 애도하고 기억하게 해주셔서 감사합니다."

"아멘!" 아무도 입을 열지 않을 때 피피가 소리친다. 피피는 기도하는 법을 배우는 중이라 아는 말이 나올 때마다 큰 소리로 또렷하게 외친다. 모두 웃음을 터뜨리고, 몇몇은 눈물을 흘리다 웃는다.

오늘 오전에 워시번 부인이 엄마에게 전화해 이번 추수감사절에 우리 모두를 생각한다고 말했다. 엄마는 워시번 부인과 잠시 이야기를 나눈 뒤 나를 바꿔주었다.

"안녕." 귀에 익은 목소리가 나에게 인사했다. "너희 아빠 일은 정말 안됐어." 샘이 말했다. "우리 아빠가 그러는데 너희 아빠는 진짜 영웅이래."

나는 뭐라고 해야 할지 알 수 없었다. 머릿속에 멍청한 말만 떠올랐다. '우리 아빠의 죽음을 안됐다고 말해줘서 고마워' 같은.

"아니타, 뉴욕이 마음에 들어?"

나는 그 질문을 던지는 모든 사람에게 같은 대답을 했다. "응, 좋아." 샘은 예전에 미국이 세계에서 가장 위대한 나라라고 자랑했다. 내 맥없는 대답에 기분이 상하지 않았기를 바랐다.

"우리 집에 오고 싶으면, 엄마가 너하고 루신다 누나하고 문딘 형이 놀러 와도 된대." 샘이 머뭇거리며 말을 잇는 걸 보니 저쪽에서 샘의 어머니가 시킨 모양이었다.

카를라가 내 옆에 서서 입 모양으로 물었다. '뭐래?'

고개를 돌려 카를라가 아무 말도 못하게 만든다. 나는 카를라의 세련된 7학년 연애 생활에 뒤지지 않으려고 샘이 옛 남자친구인 것처럼 이야기해두었다.

"고마워, 샘." 나는 샘이 초대하는 말을 마치자 대답했다. 우리 둘 다 이제 많이 자랐지만, 말하자면 샘은 내 첫사랑이었다. 그래서 덧붙였다. "곧 우리 집도 생길 거야. 그러면 친구들을 데려와도 된댔어. 놀러 올래?"

"우아! 양키스 경기에 갈 수 있겠다. 엄마!" 샘이 소리쳤다. "아니타가 지금 나한테 뉴욕에 와서 요기 베라와 미키 맨틀의 경기를 보라고 했어요."

카를라를 돌아보니 궁금하다는 듯 눈썹을 추켜올렸다. 나는 카를라가 알아듣도록 고개를 저었다. 아니, 나는 이다음에 커서 샘 워시번과 결혼하고 싶지 않아.


너무 배가 불러 내 접시의 음식도 다 먹지 못한다. 식탁을 치우자마자 요가 나가도 되냐고 조르기 시작한다. 엄마가 부엌에서 "운 세군디토(잠깐만)"라고 소리치더니, 잠시 후에 열세 개의 촛불이 타고 있는 우리 섬 모양의 생일케이크를 들고 들어온다.

모두들 "생일 축하합니다"를 불러준다…… 나에게!

"다음 주에는 모두 모이지 못할 테니까." 라우라 고모가 설명한다.

엄마는 내가 소원을 빌고 촛불을 끌 수 있도록 케이크를 내 앞에 내려놓는다. 하지만 정말 바라는 것은 한 가지밖에 생각나지 않는데, 그것은 얻을 수 없다. 내가 무엇을 바라는지 엄마가 알

왔나보다. 내 어깨에 팔을 두르며 귀에 속삭인다. "나중을 위해 소원을 아껴둬도 돼." 좋은 생각 같다. 열여섯 사람이 케이크에 촛농이 떨어지겠다며 재촉을 해대는 통에 제대로 생각을 할 수 없기 때문이다.

"그럼 이제 나가도 돼요?" 케이크를 다 먹자마자 요가 묻는다. 우리가 집에 들어온 뒤로 쉬지 않고 눈이 내린다.

라우라 고모는 고개를 젓는다. "소화부터 다 시키고."

믿기지 않지만 라우라 고모는 미국에 와서 더욱 엄해졌다. 라우라 고모에게 말하고 싶다. 눈은 물로 되어 있지만, 식사하고 바로 수영하면 익사할 수도 있는 바다와는 달라요. 하지만 엄마는 우리가 손님이니까 버릇없이 굴면 안 된다고 했다. 나는 고모에게 이곳은 자유의 땅이라고 불린다는 말은 굳이 하지 않을 것이다.

고모와 삼촌 들은 의자를 뒤로 밀어놓고 이야기를 나누기 시작한다. 할머니가 내 나이 때 아빠 이야기를 꺼낸다. 이야기를 시작하자, 나는 전에 들은 이야기이고 틀린 부분이 많다는 것을 알아차린다. 엄마가 할머니는 슬픔으로 몹시 혼란스러우니 가만 있으라고 속삭인다.

나는 계속 창밖을 내다보며 두툼하게 쌓여가는 눈을 지켜본다. 열세 살이 되기 전에 나의 첫눈이 내려서 기쁘다. 다음 주가 되기 전에 많은 일을 겪어보고 싶었다. 내 아이들이 생겼을 때 '내가 네 나이였을 때……'라고 말할 수 있도록. 나는 할 이야기가 많을 것이다. 네 나이였을 때, 나는 벽장 속에 살았고, 독재 치하에서 살아남았고, 남자친구 비슷한 친구를 둘 사귀어봤고, 그리고…… 아빠를 잃었단다.

라우라 고모는 창밖을 내다보는 나를 보고 지금 나에게 무엇이든 못하게 하는 것은 너무 심하다고 생각한 모양이다.

"좋아, 좋아." 라우라 고모가 말한다. "산이 무함마드를 기다려주지 않으면 무함마드가 산으로 가야지. 따뜻하게 입어라!"

요와 카를라와 산디와 나는 부츠를 신고 외투를 입는다. 꼬마 피피도 나가고 싶다며 제 엄마를 졸라 마침내 허락을 받아낸다. 언니는 밖이 이렇게 추운데 나가다니 미친 짓이라며 다들 머리가 어떻게 된 모양이라고 한다. 오빠도 같이 나가겠느냐고 묻자 고개를 젓는다. 오빠는 아빠 이야기를 처음 듣는 사람처럼 열심히 귀를 기울인다. 라우라 고모는 오빠가 그 일을 가장 힘들게 받아들이고 있다고 말한다. 이런 일을 측정할 수 있다면 말이지만. 손이 그 척도라면 고모 말이 맞다고 할 수밖에 없다. 손톱만 내려다봐도 오빠가 시간날 때마다 뭘 하는지 알 수 있다.

문간에서 카를라가 몰래 빠져나가 지하실에 있는 전화기로

간다. 제 엄마가 식탁에 앉아 있을 때 걸어야 할 '중요한' 전화
가 있다. 나는 어디에 거는지 안다. 케빈의 집에 전화해 케빈이
받으면 끊어버리는 것이다.

밖으로 나가는데, 할아버지가 1930년 큰 허리케인이 지나간
뒤에 땅을 사서 가족 단지를 만든 이야기를 한다. 그 이야기도
알고 있다. 먼저 할아버지 집을 짓고, 아들과 딸이 결혼할 때마
다 할아버지 집 주위에 한 채씩 집을 지었다. 지금처럼 한 아들
은 브롱크스, 한 아들은 마이애미, 딸 하나는 퀸스에 사는 대신
말이다. 할아버지는 새로운 정부가 우리에게 단지를 돌려줄 테
니 그 땅을 팔지 말지 결정해야 할 거라고 설명한다.

그때 거센 바람이 불어와 등 뒤로 문이 쾅 닫히면서 할아버지
목소리가 갑자기 끊긴다.


며칠 전에 페페 아저씨가 이탈리아 대사님과 함께 공무로 뉴
욕에 왔다가 우리를 만나러 가르시아네 집에 들렀다. 엄마는 눈
물을 흘리며 위험한 시기에 용기를 내 우리를 도와줘서 정말 감
사하다고 인사했다.

"저야말로 부인께 감사합니다." 페페 아저씨는 고개를 숙였
다. "부인의 아이들에게도요. 우리나라를 해방하기 위해 남편과
아버지를 희생했으니까요."

페페 아저씨가 오스카의 편지를 가져왔다. 카를라가 몹시 궁금해했지만 나는 보여주지 않았다. 오스카를 두고 로미오와 줄리엣 같은 연애 사건을 지어낼 것 같았다. 한때 내가 그랬던 것처럼. 카를라는 내 일기장에 대해서도 늘 물어보지만, 아직도 가슴이 너무 아파 혼자서도 읽지 못하는 일기를 다른 사람에게 보여줄 수는 없다.

솔직히 말하면 이제 오스카나 다른 무엇에 대해 어떤 마음인지 모르겠다. 나는 다 괜찮은 척하며 돌아다닌다. 그동안 마음은 슬픔에 파묻힌 것처럼 완전히 마비되었고, 몸은 자유로워졌지만 나머지는 여전히 갇혀 있다.

편지에서 오스카는 우리 아빠 소식을 막 들었다고 했다. 너무나 슬픈 일이라며 아빠와 삼촌이 우리나라를 해방시킨 영웅임을 잊지 말라고 했다. 꼭 제 아빠가 하는 말처럼 들렸다. 그래서 나는 또 울음이 터졌다.

오스카는 내게 여러 번 편지를 보내려 했다고 설명했다. 하지만 일주일 전까지만 해도 독재자의 가족이 권력을 잡고 있어서 꼭 필요한 우편물만 나라 밖으로 나갈 수 있었다. 이제 그들은 도망쳤고, 우리나라에서 삼십일 년 만에 처음으로 자유선거가 실시될 것이다. 모든 사람이 대통령 선거에 투표할 기회를 갖는다.

"다 너희 아버지와 삼촌과 친구들 덕분이야. 넌 자랑스러워해야 해!"

다른 소식도 있었다. 웜피스에 갔다 추차를 만나서 나에게 편지를 쓴다고 했더니, 추차가 내 날개를 기억하라는 말을 전해달라고 했단다. 추차는 천리안이라도 있어서 내가 얼마나 우울하고 슬픈지 볼 수 있는 것 같다. 추차와 아빠가 나에게 날아오르라고 한 말이 무슨 뜻이었는지 비로소 알 것 같다. 브라운 선생님이 늘 말하던 은유와 같다. 새장에서 벗어난 새처럼 마음이 자유로워지는 것이다. 그러고 나면 그 무엇도, 독재조차도 내 자유를 빼앗아갈 수 없다.

오스카는 또 미국인 학교가 곧 다시 문을 연다고 했다. 그동안 오스카와 우리 반 아이들 몇 명은 다시 위층 놀이방에서 수업을 받았다. 벽에 난 총알구멍을 메우고 책꽂이의 먼지를 털어내고. 얼마 전에는 놀랍게도 오스카가 『로빈슨 가족』 갈피에서 하트 퀸 카드를 발견했다!

오스카는 마지막에 이렇게 썼다. "바닷가에서 돌아왔을 때 상황이 바뀌었다는 걸 알았어. 엄마 아빠가 우리와 함께 식사를 했고, 엄마는 남긴 음식을 무릎 위의 비닐봉지에 담지 않았지. 하지만 나는 지금도 마당에 서서 창문을 올려다봐."

나는 가르시아네 욕실에서 문을 잠가놓고 혼자 오스카의 편지를 읽고 또 읽는다. 예전에 숨어 지내던 슬픈 날들에 만시니네 욕실에서 일기장에 글을 썼던 것처럼.

눈은 엄마 말대로 정말 마법 같다. 아주 두툼하게, 그러나 아주 조용히 쌓이는데, 그 두 가지가 서로 어울리지 않는 것 같다. 모든 것이 자르기 아까운 웨딩케이크처럼 푹신한 하얀 층으로 덮인다. 자동차, 덤불, 새 모이통…… 쓰레기통 뚜껑조차 하얀 모자를 쓰고 있다! 숨이 막힐 만큼 아름답다. 잊고 싶지 않은 풍경이다. 아직 아무도 파괴할 기회가 없었던 새로운 세계다.

눈은 마음을 가볍게 해주기도 한다. 산디는 겨울 외투를 입은 채 바보같이 발레리나 흉내를 내며 뛰어오르고, 요는 술 취한 사람처럼 비틀비틀 돌아다니며 웃음을 자아낸다. 하늘을 보자 수백 개의 나비 키스\*가 내 얼굴에 쏟아진다. 소식을 들은 뒤 처음으로, 그동안 계속 꾸던 나쁜 꿈에서 깨어난 기분이 든다. 아무도 아빠의 시신을 찾지 못해 내가 대신 산 채로 묻히는 꿈이었다.

눈을 감는다…… 바닷가를 걷는 아빠와 토니 삼촌 대신, 그리 오래되지 않은 어느 날, 지금은 아주 먼 곳이 된 장소에서 아빠

---

\* 눈을 깜빡여 속눈썹으로 피부를 간질이는 것.

가 내 침대 가에 앉아 "약속하렴, 약속하렴"이라고 말하던 모습이 떠오른다. 나는 고개를 저어 기억을 털어버린다. 머리카락에서 눈송이가 떨어져 흩날린다.

"아, 털어버리지 마." 산디가 조른다. "아주 예쁘단 말이야. 조그만 마시멜로 같아. 아니타 보니타(예쁘다), 아니타 보니타." 산디가 노래한다. 그러자 자매들도 따라 한다.

나는 웃음을 짓지만, 숨어 지낼 때 엄마가 이야기해준 아빠의 마시멜로 왕관이 생각나 울고 싶다. 요즘에는 누가 무슨 말을 하든 추억이 떠오른다.

"눈사람 만들자." 피피가 말한다. "제바, 제바, 제바." 피피의 귀여운 혀짤배기소리를 들으면 거절하기 힘들지만, 산디가 더 좋은 생각이 있다고 한다. "눈사람보다 천사를 만들자. 천사가 훨씬 예뻐." 산디는 시무룩한 얼굴이 된 피피를 구슬린다.

산디는 땅바닥에 누워 팔다리를 휘젓는 방법을 설명한다. 옷이 좀 더러워지겠지만 재미있을 것 같다. 열세 살이 되기 전에 해볼 만한 일이다.

우리는 눈 위로 쓰러져 마구 팔다리를 휘저은 다음, 모두 너무 추워 새된 소리를 지르며 집 안으로 달려 들어간다. "감기 걸려 죽겠다!" 라우라 고모가 피피를 수건으로 닦아주며 야단친다. 사람들이 겁을 주려고 얼마나 자주 죽음을 들먹이는지 귀담아들어보면 깜짝 놀랄 정도다.

하지만 아빠가 죽고 나니 죽음이 그리 두렵게 느껴지지 않는다. 때때로 살아 있는 것이 더 두렵다는 생각이 든다. 특히 결코 어릴 때처럼 걱정 없이 행복을 누리지 못할 거라는 기분이 들 때면. 그러나 나는 추차의 꿈을 계속 기억한다. 우리에게 날개가 돋아 날아올라 멀리 떠나는 꿈을. 그 꿈은 우리가 미국에 온 것 이상을 뜻한다. 어쨌든 추차의 말마따나 구속을 벗어나도 자신의 불행에 갇혀버린다면 무슨 소용이 있을까?

그날 밤 늦게 가르시아 자매들과 나는 우리가 함께 쓰는 침실에 둘러앉아 얼마나 많이 먹었고 내일부터 어떻게 다이어트를 할지 이야기한다. 카를로스 고모부는 두 번에 걸쳐 친척들을 지하철역까지 태워다준 뒤, 지금은 침대에 누워 올빼미라도 잠들 법한 역사책을 읽고 있다. 아래층에서는 엄마와 라우라 고모와 언니가 부엌 식탁에 앉아 예전 일들을 되새긴다. 오빠는 쓰레기를 내다버리고, 꼬마 피피는 복도 끝 침실에서 깊이 잠들었다. 이 작은 집에 모든 사람이 어떻게든 퍼즐처럼 맞춰 들어와 있는 것이 놀랍다.

카를라는 창가로 가서 뒷마당 너머 동네의 다른 뒷마당을 건너다보며 '그애'의 침실 불빛이 보이는지 살펴본다(어떻게 케빈의 침실을 알아볼 수 있는지 모르겠다!). 창가에 서 있는 카를라를 보니 오스카가 마당에 있기를 바라며 창밖을 내다보던 그 많은 시간이 떠오른다. 지금은 내가 정말 오스카를 사랑했는지, 아니면 그 작은 자유의 공간······ 내 머리카락을 스치는 산들바람과 살갗에 닿는 햇빛을 사랑한 것인지 모르겠다.

"얘들아." 카를라가 손가락질한다. "이리 와서 너희가 만든 눈천사 좀 봐. 아주 귀여워! 피피 것은 정말 작아!"

우리는 카를라가 있는 창가로 간다. 오빠가 깜박 잊고 외등을 끄지 않았는지, 뒷마당에 불빛이 환하다.

내려다보니 천사가 아니라 나비가 보인다. 팔을 휘저은 자국이 다리를 휘저은 자국과 만나 한 쌍의 날개가 되었고 그 사이로 우리 머리가 튀어나와 있다! 추차가 있었으면 징조라고 했을 것이다. 아빠가 나에게 날아오르라고 일러주기 위해 보낸 네 마리 나비.

나는 눈을 감는다. 소원을 비는 대신 우리 모두를 자유롭게 하기 위해 목숨을 잃은 아빠와 토니 삼촌과 그 친구들을 생각한다. 내 안의 빈자리가 강한 사랑과 용기와 자부심으로 채워지기 시작한다.

좋아요, 아빠. 나는 말한다. 해보겠다고 약속할게요.

1960년, 부모님에게서 우리가 조국인 도미니카공화국을 떠나 미국으로 간다는 이야기를 들은 날을 결코 잊지 못할 것이다. 나는 우리가 왜 가야 하느냐고 계속 엄마에게 물었다. 엄마는 조용하고 긴장된 목소리로 "우리는 운이 좋기 때문이야"라는 말밖에 하지 않았다.

뉴욕 시에 도착하고 얼마 뒤, 부모님은 우리가 왜 그렇게 서둘러 조국을 떠났는지 설명해주었다. 머릿속의 수많은 질문이 대답을 얻기 시작했다.

우리나라는 삼십 년이 넘도록 트루히요 장군의 유혈통치를 받았다. 비밀경찰(SIM)이 모든 사람의 행동을 감시했다. 공공집회는 금지되었다. 저항하는 기미만 보여도 본인뿐 아니라 가족까지 체포되고 고문당하고 목숨을 잃을 수 있었다. 아무도 감히 거역할 수 없었다.

독재에 반대하는 지하운동이 싹터 온 나라로 번지기 시작했다. 조직원들은 각자의 집에서 만나 독재를 타도할 가장 좋은 방법을 찾으려 애썼다. 우리 아버지와 몇몇 친구들과 옆집에 살던 삼촌도 운동에 가담했다.

1960년 초, SIM이 지하운동의 몇몇 조직원을 체포했다. 체포된 사람들은 극심한 고문을 이기지 못해 동료의 이름을 대기 시작했다. 아버지는 자신과 가족이 끌려가는 건 시간문제라는 것을 알았다. 한 친구의 도움을 받아 아버지는 용케 뉴욕 시의 외과 전문연구원 자리를 얻었고, 수없이 탄원한 끝에 정부로부터 미국으로의 출국 허가를 받았다.

어머니가 옳았다. 우리는 운 좋게 탈출한 것이다. 독재정권의 마지막 해는 가장 많은 피를 흘린 해였다. 1961년 5월 30일 엘 헤페가 암살된 뒤 새로운 독재자가 된 그의 맏아들이 온 나라에 복수를 자행했다. 우리 옆집에 살던 삼촌이 공모자들과 연루되어 SIM에 끌려갔다. 몇 달 동안 살았는지 죽었는지도 모른 채 사촌들은 아버지가 집으로 돌아오기만 바라며 기도하면서 자택에 감금된 상태로 살았다.

그 슬픈 시대가 지나고 여러 해가 흘렀지만, 나는 지금도 가끔 그들의 삶이 과연 어땠을까 생각한다.

그래서 뒤에 남아 자유를 위해 싸웠던 사람들의 삶을 상상해 소설을 쓰기로 했다. 이야기의 배경은 도미니카공화국의 트루히요 독재 시대로 정했다. 나 자신이 그 치하에서 살아봤기 때문이다. 그러나 이 이야기는 어느 독재정권하에서나 벌어질 수 있는 일이다. 니카라과, 쿠바, 칠레, 아이티, 아르헨티나, 과테말라, 엘살바도르 또는 온두라스…… 슬프지만 그리 멀지 않은 과거에 우리 아메리카 대륙 남반부에서 드물지 않게 벌어진 일이다.

라틴아메리카 국가들에는 '테스티모니오'라는 전통이 있다. 자유를 위한 투쟁에서 살아남은 사람들에겐 증언해야 할 책임이 있음을 말하는 것이다. 이야기를 통해 죽은 자들의 기억을 되살리기 위해서 말이다.

도미니카공화국의 독재정권에 대한 가장 감동적인 증언 가운데 다수가 글로 기록되지 않았다. 나는 그 고통스러운 시대의 이야기를 들려준 모든 사람에게 감사하고 싶다. 특히 기억을 나눠준 나의 사촌 이케, 린, 훌리아 마리아, 그리고 로사 숙모에게 감사한다. 감옥을 경험하고 살아남은 메메 삼촌은 나에게 언젠가 함께 책을 쓸 수 없을까 자주 물었다. 이 책은 메메 삼촌이 계획한 회고록은 아니지만, 소설 형식으로 나의 약속을 지킨 것이다. 증언하기 위해.

도미니카공화국에는 우리의 수호성인 라 비르헨시타 데 라 알타그라시아께 '그라시아스', 감사하는 전통도 있다. 이 이야기를 쓰는 데 도움을 주신 알타그라시아께 그라시아스. 그리고 그분이 내 앞에 보내주신 고마운 사람들의 도움에도 감사한다. 편집자 안드레아 카스카르디와 에린 클라크, 나의 에이전트 수전 버그홀츠, 나의 콤파녜로(동반자) 빌 아이히너.

끝으로 이곳 버몬트의 옆집에 사는 이웃이며 친구인 리자 스피어스에게 감사를 표하고 싶다. 리자는 초고를 읽고 도움이 되는 조언과 용기를 주었다. 그라시아스, 리자!

도미니카공화국은 미국 남서쪽 카리브 해에 위치한 히스파니올라 섬의 동쪽 삼분의 이를 차지하는 나라로, 1930년부터 1961년까지 라파엘 트루히요의 독재 통치를 겪었다. 트루히요의 독재는 세계에서도 유례를 찾아보기 힘들 정도로 무자비하고 잔혹해서, 2010년 노벨문학상을 수상한 페루 작가 마리오 바르가스 요사의 소설『염소의 축제』와 같은 작품의 소재가 되기도 했다.

『우리가 자유로워지기 전』을 쓴 줄리아 알바레스는 트루히요의 철권통치 말기에 도미니카공화국에서 어린 시절을 보냈고, 트루히요가 암살되기 직전에 부모님과 함께 미국으로 망명했다. 알바레스는 어린이가 겪은 유럽의 홀로코스트나 미국의 노예제도 이야기는 많이 찾아볼 수 있지만 고국의 험난했던 현대사에 관한 책은 거의 없었다며, "대서양 이쪽 우리의 안네 프랑크 이야기를 하고 싶었다"고 말했다.

작가의 말대로 이 이야기는 나치 지배하에 숨어 살아야 했던 유대인 소녀 안네 프랑크의 이야기와 비슷한 점이 많다. 이 책의 주인공 아니타 역시 안네 프랑크처럼 목숨이 위험한 상황에서 은둔 생활을 하고, 그 가혹한 환경 속에서 어린이에서 청소년으로 성장한다.

이야기가 시작될 때, 아니타는 자기 나라의 정치적 문제에 무지하다. 트루히요를 위대한 지도자로 생각하고, 친구와 친척이 하나둘 사라져도 조금 이상하게 생각할 뿐이다. 비밀경찰이 들이닥쳐 집 안을 수색하고 가족을 감시하면서 비로소 아니타의 불안이 커지기 시작한다. 작가는 순진무구한 어린이의 시점을 취하여 주인공의 생활에 자꾸 이상한 일들이 생기고 점차 공포가 고조되는 과정을 보여줌으로써, 겉으로는 멀쩡해 보이던 사회가 사실은 얼마나 깊이 병들어 있었는지 차근차근 효과적으로 펼쳐 보여준다.

작가는 인터뷰에서 트루히요의 암살 역시 폭력에 의존한 해결이었음을 인정하면서, "폭력을 피하는 방법은 정보를 얻는 것이다. 어떤 문제가 발전해 견딜 수 없는 현실이 되기 전에 그 문제에 대한 이야기를 읽고 미리 파국을 피해야 한다"고 말했다.

아니타와 같이 무지한 어린아이가 아니라도, 어떤 상황이 자기 생활에 직접 영향을 미치기 전에는 그 상황의 옳고 그름을 판단하지 못하는 사람이 많다. 특히 독재정권 아래에서 제한된 정보를 접하다보면 상황이 그렇게까지 나쁘지는 않다고 착각하기 쉽다. 언론이 통제되는 독재정권하에서는 언제나 단 하나의 이야기만 존재한다. 그것은 아무도 반박할 수 없는 공식적인 이야기이며, 다른 이야기는 모두 침묵해야 한다. 자유롭지 않은 사회는 사람들을 서로의 이야기로부터 고립시킨다.

2차 대전 중 나치에 저항하다 강제수용소에서 목숨을 잃은 프랑스 시인 로베르 데스노스는 인간이 되는 일이란 "자신이 되는 것뿐 아니라 서로가 되는 것"이라 말한 적이 있다. 서로의 이야기를 알고 공감과 연민을 느끼는 일은 서로 다른 개인들을 하나의 인류 공동체로 만든다.

문제를 미리 알고 피해감으로써 비극을 되풀이하지 않기 위하여. 우리 개인의 이익을 초월하여 인간이 되기 위하여. 수십 년 전 지구 반대편에서 벌어진 비극을 오늘날 우리가 읽어야 하는 이유는 이 두 가지만으로도 충분할 것이다.

2012년 2월

이주희

지은이 **줄리아 알바레스**

1950년 미국에서 태어나 도미니카공화국에서 어린 시절을 보냈다. 열 살 때 독재자 트루히요에 저항해 반란을 꾀하다 탈출한 아버지를 따라 다시 미국으로 넘어왔다. 시인이자 소설가로 1984년 첫 시집 『귀향』을, 1991년 첫 소설 『가르시아 자매는 어떻게 억양을 잃었나?』를 발표했다. 1994년 출간한 『우리가 자유로워지기 전』은 미국도서관협회의 '주목할 만한 책'과 최우수 청소년 소설에 선정되었고, 어린이와 청소년 문학 부문 아메리카스 상과 푸라 벨프레 상을 수상했다.

옮긴이 **이주희**

연세대 불어불문학과와 동 대학원을 졸업하고 파리 4대학에서 비교문학을 공부했다. 현재 전문 번역가로 활동하고 있다. 옮긴 책으로 『그로칼랭』『보이지 않는 도시에서』『네코토피아』『피에로와 밤의 비밀』『나무 나라 여행』『아주 철학적인 하루』『줄어드는 아이 트리혼』『적도 일주』『검정새 연못의 마녀』등이 있다.

문학동네 세계문학
우리가 자유로워지기 전

초판인쇄 2012년 2월 27일 | 초판발행 2012년 3월 7일

지은이 줄리아 알바레스 | 옮긴이 이주희 | 펴낸이 강병선
책임편집 윤정민 | 편집 류현영 오동규
디자인 엄혜리 이원경 강혜림 | 저작권 김미정 한문숙 박혜연
마케팅 정민호 김도윤 박보람 | 온라인 마케팅 이상혁 장선아
제작 안정숙 서동관 김애진 | 제작처 (주)상지사P&B

펴낸곳 (주)문학동네
출판등록 1993년 10월 22일 제406-2003-000045호
주소 413-756 경기도 파주시 문발동 파주출판도시 513-8
전자우편 editor@munhak.com | 대표전화 031) 955-8888 | 팩스 031) 955-8855
문의전화 031) 955-3576(마케팅) 031) 955-2634(편집)
문학동네카페 http://cafe.naver.com/mhdn

ISBN 978-89-546-1751-2 03840

www.munhak.com